Je veux tout, tout de suite

DANS LA MÊME SÉRIE

1. *Gossip Girl*
2. *Vous m'adorez, ne dites pas le contraire*
3. *Je veux tout, tout de suite*
4. *Tout le monde en parle*
5. *C'est pour ça qu'on l'aime*
6. *C'est toi que je veux*
7. *Je suis parfaite, et alors ?*
8. *Ma meilleure ennemie*
9. *Même pas en rêve*
10. *Comme si j'allais te mentir*
11. *T'as pas intérêt à m'oublier*

gossip girl

Je veux tout, tout de suite

Roman de
Cecily von Ziegesar

Fleuve Noir

Titre original :
All I Want Is Everything

Traduit de l'américain par
Marianne Thirioux

Le papier de cet ouvrage est composé de fibres naturelles, renouvelables, recyclables et fabriquées à partir de bois provenant de forêts plantées et cultivées durablement pour la fabrication du papier.

ISBN : 978-2-265-08312-7

I wanna, I wanna, I gotta be adored.

The Stone Roses

Avertissement : tous les noms de lieux, personnes et événements ont été modifiés ou abrégés afin de protéger les innocents. En l'occurrence, moi.

salut à tous !

À New York, la période des fêtes est vraiment magique, surtout dans les quartiers chic. L'air est imprégné d'un parfum de neige qui tombe, de bûches qui brûlent et de biscuits de Noël. Vu depuis nos appartements de grand standing, Central Park a tout d'un pays des merveilles argenté. Park Avenue arbore une profusion de lumières et la taille du sapin de Rockefeller Center laisse présager que ce Noël sera le plus fantastique au monde – même si la majorité d'entre nous boira beaucoup trop de champagne pour s'en rendre compte. Le long de la Cinquième Avenue, les vitrines des grands magasins se sont toutes mises sur leur trente et un pour les vacances et les filles en virée shopping affichent ces sublimes manteaux Marc Jacobs en cachemire bleu ciel qu'elles avaient achetés en octobre et qu'elles mouraient d'envie de revêtir. Et le soir, tout le monde sort faire la fête, la bringue, la *teuf*. Oubliez les révisions pour vos exams de milieu de semestre ; oubliez ces dossiers d'inscription universitaire de dernière minute ; oubliez d'aider votre maman à acheter les cadeaux pour les bonnes, les cuisiniers, les chauffeurs et les lingères. Attrapez votre petite robe cache-cœur Prada de satin noir, vos talons aiguilles Christian Louboutin en plexi de dix centimètres, votre sac orange Birkin d'Hermès, le garçon le plus mignon que vous connaissez et suivez-moi, je vous emmène !

ON A VU

D et **V** s'embrasser à pleine bouche près du bassin à bateaux de la 79e Rue. Tragique, non, le temps qu'il leur a fallu à ces deux-là pour réaliser qu'ils s'aimaient ? **N** acheter des roses rouges pour **J** – qui eût cru que derrière ce sublime corps de shooté se cachait un grand romantique ? **O** et **S** choisir leurs robes chez **Bendel's** pour le bal **Noir et Blanc** de ce soir. Il paraît que **Flow**, ancien top model et sublimissime chanteur et guitariste du groupe **45** qui vient de décrocher le **MTV Music Award** du meilleur premier album pour **Komunik8**, nous fera l'honneur d'annoncer la somme d'argent collectée. Le bal est organisé au profit de **Soyez Sympas**, la fondation pour la défense des droits des animaux, association dont **Flow** est le porte-parole. Mais qu'est-ce qu'on en a à foutre ? Nous savons toutes que si nous y allons, c'est uniquement pour apercevoir sa belle gueule. On se voit là-bas !

SONT-ELLES RÉELLEMENT REDEVENUES AMIES ?

C'est vrai : **S** et **O** ont décidé de faire la paix et de se réconcilier et c'est pas trop tôt ! C'est vrai, quoi, pendant combien de temps peut-on rester fâché contre quelqu'un avec qui on a pris des bains à l'école primaire ? D'accord, **O** est loin d'être aussi blonde, grande et « expérimentée » que **S** mais ça ne veut pas pour autant dire qu'elle doit la détester. **S** ne sera jamais aussi retorse ou égocentrique que **O** mais ce n'est pas pour autant qu'elle doit avoir peur d'elle. Au contraire – les deux filles ont décidé de mettre leurs différences de côté et d'être sympa l'une avec l'autre, du moins pour l'instant. La question est : maintenant qu'elles sont redevenues copines, quel genre de sales coups vont-elles nous concocter toutes les deux ?

Croyez-moi, je serai la première à le découvrir et vous, les seconds. Garder des secrets, c'est franchement pas mon truc !

Vous m'adorez, ne dites pas le contraire.

gossip girl

les belles du bal

— Si elle faisait, je sais pas moi, quinze centimètres de plus, il pourrait fourrer son menton dans son décolleté, observa Olivia Waldorf en regardant Nate Archibald, son ex-petit copain, danser avec Jennifer Humphrey, la petite élève de troisième aux formes plus que généreuses.

Nate l'avait inexplicablement plaquée pour elle voilà quelques semaines.

— Mais bon, il aurait du mal à respirer par contre, poursuivit-elle.

Heureusement qu'Olivia avait zappé le dîner de ce soir, sinon elle se serait précipitée aux toilettes pour dames pour vomir, tellement elle était dégoûtée.

Serena van der Woodsen, la plus vieille et toute nouvelle amie d'Olivia, secoua ses cheveux blond clair en guise de réponse.

— Je pige pas, fit-elle. J'ai rien contre Jenny mais je me suis toujours dit que Nate et toi étiez, genre, le couple *idéal*. Vous étiez carrément *destinés* à passer le reste de votre vie ensemble.

Étrange de la part de Serena de sortir ce genre de truc. Après tout, Nate et elle avaient perdu leur virginité ensemble, dans le dos d'Olivia, l'été suivant leur année de seconde. Si deux personnes étaient faites l'une pour l'autre, c'étaient eux et personne d'autre. Mais comme toutes les aventures qu'avait eues Serena, sa petite histoire avec Nate n'avait été qu'un coup de tête. Entre Olivia et Nate en revanche, c'était *pour de vrai*. Et ils avaient toujours tellement fait partie des meubles – à l'instar du portier dans l'entrée de l'immeuble de Serena sur la Cinquième Avenue – qu'il était impossible de concevoir l'avenir sans eux en tant que couple. Leur expérience avait permis à Serena d'avoir un aperçu de ce que c'était que d'être engagé dans une histoire sérieuse et voir les choses aussi mal tourner avait été quelque peu flippant pour elle.

Olivia descendit goulûment sa flûte de champagne Cristal. Les deux amies étaient assises toutes seules à une grande table ronde drapée de mousseline blanche et de taffetas noir dans la somptueuse salle du St. Claire Hotel où le bal annuel du mois de décembre, le bal Noir et Blanc, battait son plein. Des filles en longues robes noires à bretelles de chez Versace et Dolce & Gabbana, la chevelure ornée de plumes blanches, dansaient avec des garçons en smokings noir et blanc impeccables de Tom Ford pour Gucci, et une gigantesque boule élaborée avec des roses noir et blanc pendillait du plafond. Pour Olivia, c'était du déjà-vu de chez déjà-vu.

Sa mère s'était remariée voilà un mois avec un loser en surpoids, lourdingue et suant, du nom de Cyrus Rose, et la réception du mariage s'était tenue dans cette même salle. La noce avait, en plus, été célébrée le jour des dix-sept ans d'Olivia, jour où elle avait décidé d'aller jusqu'au bout avec Nate. Elle avait passé des heures à se pomponner et avait joué et rejoué dans sa tête le scénario de leurs ébats dans les moindres détails. Mais, par hasard, elle était tombée sur Nate qui tripotait cette gamine dans l'entrée de l'hôtel et elle avait compris : elle avait beau être hypersexy dans sa robe de demoiselle d'honneur couleur café de chez Chloé, sa coiffure avait beau être spectaculaire et les talons aiguilles de ses Manolo Blahnik en métal super hauts, au bout du compte, tout cela n'avait aucune importance. Nate était bien trop occupé à peloter les nichons king-size de cette gosse de quatorze ans aux cheveux crépus pour s'en rendre compte.

Ça avait été, de loin, le pire anniversaire qu'Olivia avait jamais fêté. Mais elle n'allait pas s'appesantir là-dessus. Ce n'était pas son genre.

Mouais, pas du tout.

— Je ne crois plus au destin, confia-t-elle à Serena en reposant bruyamment sa flûte de champagne en cristal sur la table, cassant presque son pied.

Elle passa ses doigts dans ses longs cheveux châtain foncé qu'avait rafraîchis Antoine, son nouveau coiffeur préféré de l'Elizabeth Arden Red Door Salon, un peu plus tôt dans la journée.

Serena rit et écarquilla ses yeux bleu foncé.

— Alors pourquoi répètes-tu sans cesse que Yale est ton destin ?

— C'est pas la même chose, insista Olivia.

Son père avait fréquenté Yale et elle avait toujours rêvé d'y entrer. Elle était première de sa classe à Constance Billard et pratiquait des activités extrascolaires à n'en plus finir ; de fait, effectuer une demande d'inscription anticipée coulait de source pour la jeune fille. Mais lors de son entretien, elle avait craqué sous la pression et était devenue Olivia, Cabotine en Chef du Grand Écran. Elle avait tenté d'apitoyer la personne chargée des entretiens en lui racontant une histoire à vous fendre le cœur, comme quoi sa mère avait divorcé de son homosexuel de père pour épouser un homme qu'elle connaissait à peine et qu'elle avait hâte de rentrer à l'université pour commencer une toute nouvelle vie. Puis elle l'avait embrassé – si, si, elle s'était mise sur la pointe des pieds et avait déposé un baiser sur sa joue creuse et mal rasée !

Olivia s'imaginait toujours comme l'héroïne d'un film noir et blanc des années cinquante, dans le style d'Audrey Hepburn, son idole. Cette fois, ça avait été sa chute. Elle avait donc été obligée de s'inscrire à Yale par la voie normale comme tout le monde et avait même dû demander à son père de faire don à la prestigieuse université d'un programme d'échanges linguistiques en France, histoire de lui donner un petit coup de pouce. Mais ses chances d'y entrer étaient toujours, au mieux, très très très minces.

Olivia s'empara de la bouteille de Cristal dans le seau à glace en argent placé au milieu de la grande table ronde et remplit sa flûte.

— Le destin, c'est pour les losers, fit-elle. C'est qu'une excuse minable pour rien faire et attendre que les choses t'arrivent au lieu de *tout mettre en œuvre* pour qu'elles se produisent.

Si seulement elle savait, au juste, quoi faire pour que lui *arrive* ce dont elle avait envie sans tout foutre systématiquement en l'air.

La capacité de concentration de Serena était plus

brève que celle d'un tout jeune chiot et elle avait déjà bu trop de vin pour tenir une conversation sérieuse.

— Et si on ne parlait pas de l'avenir pour une fois, O.K. ? suggéra-t-elle. (Elle alluma une cigarette et souffla la fumée au-dessus de la tête d'Olivia.) Tu sais, ce blondinet avec qui discute Aaron ? Il n'arrête pas de te mater depuis dix minutes ! (Elle recouvrit sa bouche de ses longs doigts fins et glousse :) Oups ! Les voilà !

Olivia se retourna et vit Aaron Rose, son végétalien de demi-frère dreadlocké, accompagné d'un garçon extrêmement grand aux cheveux blonds dressés sur la tête à grand renfort de gel et aux yeux marron clair, vêtu d'un smoking Armani fabuleusement bien coupé, se diriger vers leur table. Ce dernier tapait nerveusement ses longs doigts sur ses superlongues jambes et regardait ses chaussures noires et chic Christian Dior, comme s'il avait peur de trébucher dessus, quelque chose de ce genre. Derrière les garçons, la piste de danse regorgeait de filles sublimes aux tenues sublimes et de superbeaux gosses absolument craquants, virevoltant dans les bras les uns des autres sur une chanson de Beck.

— Dis quelque chose de sympa à Olivia, lança Serena à Aaron. L'avenir la fait flipper.

Olivia leva les yeux au ciel.

— *Qui* ça ne fait pas flipper ?

Les fines lèvres rouges d'Aaron se retroussèrent en une moue perplexe, comme pour s'excuser. Olivia, Serena et lui étaient venus ensemble au bal et à peine étaient-ils arrivés qu'il avait laissé les filles boire et fumer des cigarettes pour retrouver ses copains.

Mais, ces derniers temps, sa demi-sœur était quelque peu en rogne et émotive, à cause du mariage de leurs parents, de son entretien de merde pour Yale et tout et tout. Elle avait besoin de tout le soutien moral possible et imaginable.

— Désolé, j'ai pas trop assuré ce soir. Tu veux danser ?

Olivia l'ignora. Avait-elle l'air d'avoir envie de danser ? Elle jeta un coup d'œil au grand copain blond d'Aaron.

— Comment tu t'appelles ?

Le grand blond la gratifia d'un sourire rayonnant. Ses dents étaient encore plus blanches que sa chemise.

— Miles. Miles Ingram.

Fils de Danny Ingram, célèbre propriétaire de boîtes de nuit et de restaurants, de lieux hyperbranchés comme le Gorgon à New York et Trixie à L.A., j'en passe et des meilleures.

— Il est dans ma classe à Bronxdale, ajouta Aaron. On a monté un groupe. Miles est à la batterie.

Olivia sirota son champagne, attendant qu'ils disent quelque chose qui ne soit pas chiant sur toute la ligne.

Miles lui fit un grand sourire et tapa des doigts sur le dos d'une chaise vide.

— Tu es beaucoup plus jolie que je ne le pensais, dit-il.

Il était mignon mais son tic de taper tout le temps des doigts risquait de devenir sérieusement gonflant.

Olivia ne lui rendit pas son sourire. Elle attrapa son verre. Aaron avait probablement raconté à son pote qu'elle était une sorcière et il devait s'attendre à ce qu'elle ait des verrues sur le nez et un balai dans le cul.

Pas vraiment. Aaron n'aimait pas parler de sa nouvelle demi-sœur car il préférait la garder pour lui tout seul. Du calme, mon gars, t'excite pas trop ! – mais nous y reviendrons plus tard.

Le jeune homme replaça ses dreadlocks derrière ses oreilles.

— Et voici Serena, dit-il à Miles.

Ce dernier jaugea d'un coup d'œil le visage parfaitement ciselé de Serena, ses yeux bleu foncé, son corps souple et élancé et sa fantastique robe noire Gucci. Il laissa ses yeux s'attarder sur elle un moment – difficile de faire autrement ! – avant de se retourner vers son copain.

— C'est bizarre. Tu ne m'as jamais dit qu'Olivia était aussi belle.

Aaron, mal à l'aise, haussa les épaules.

— Désolé.

Olivia et Serena rallumèrent une cigarette, attendant toujours qu'il se produise quelque chose de fou. Vu la réflexion qu'Olivia venait de faire sur le destin, la balle était dans leur camp pour tout mettre en œuvre afin qu'il se passe quelque chose.

Aaron s'éclaircit la gorge.

— Tu es sûre que tu veux pas danser ? demanda-t-il de nouveau à sa demi-sœur.

Celle-ci constata qu'il ne portait pas de nœud papillon, que la chemise de son smoking sortait de son pantalon et que son col était déboutonné. Visiblement, il se servait de son look pour faire passer un message. Elle tira une longue taffe sur sa cigarette et souffla la fumée dans son visage.

— Non merci.

La chanson de Beck terminée, les danseurs retournaient en masse à leur table pour faire le plein d'alcool.

— Mes pieds sont en train de mourir ! pleurnicha Kati Farkas en s'affalant sur une chaise en face d'Olivia et en ôtant ses talons en quatrième vitesse.

— Les miens sont déjà morts ! rajouta Isabel Coates en se vautrant sur une chaise à côté d'elle.

Au cours des deux dernières années, quand Serena était à l'Hanover Academy dans le New Hampshire, Isabel et Kati n'avaient pas lâché Olivia. Elles achetaient du maquillage chez Sephora ensemble, buvaient des cappuccinos au Canard ensemble et, oui, allaient même aux toilettes ensemble. Olivia était la reine de la jet-set, et quand elles traînaient avec elle, elles se sentaient presque célèbres, se voyant dérouler le tapis rouge partout où elles se rendaient. Mais juste avant Colombus Day[1], Serena s'était fait virer du pensionnat et avait réapparu en ville pour leur voler Olivia ; Kati et Isabel étaient donc redevenues les bonnes vieilles Kati et Isabel quelconques d'antan.

— Comment ça se fait que vous ne dansiez pas, les filles ? s'enquit Kati.

Olivia haussa les épaules.

— J'suis pas d'humeur.

Isabel soupira.

— Tout ce qu'on a à faire, c'est tenir jusqu'aux exams de milieu de semestre la semaine prochaine,

1. Jour férié le deuxième lundi d'octobre, commémorant la découverte de l'Amérique par Christophe Colomb. *(N.d.T.)*

dit-elle, prenant la note d'ennui dans la voix d'Olivia pour de la fatigue. Et après, on s'en va pour Noël.

— Quelle chance vous avez, les filles, d'aller dans un endroit aussi cool ! ajouta Kati. Faudra *encore* que je me farcisse le ski à Aspen, toujours la même foutue station !

— Bon, c'est pas aussi nul que ma maison de campagne chiante dans le Connecticut, répliqua Isabel.

— Ça va être génial ! en rajouta Serena dans un sourire tout excité.

Kati et Isabel lui coulèrent un regard noir.

Olivia et Serena passeraient les vacances de Noël ensemble à St. Bart. La mère d'Olivia et le père d'Aaron avaient fait une croisière aux Caraïbes pour leur lune de miel et s'étaient arrangés pour qu'Olivia, Aaron et Tyler, le petit frère d'Olivia, les retrouvent pour les vacances dans la station balnéaire très select de l'Ile de la Paix. Chacun avait le droit d'amener un ami s'il le désirait et c'était après s'être réconciliée dans les toilettes avec Serena au cours du dîner de noces de sa mère qu'Olivia avait proposé à sa copine de l'accompagner.

Naturellement, elles seraient de retour à New York pour le Nouvel An. Aucune fêtarde qui se respectait ne passait le réveillon de la Saint-Sylvestre avec ses parents passé l'âge de douze ans.

— Ça sera trop cool ! en convint Olivia dans un sourire béat.

Elle s'imaginait parfaitement badigeonnée d'autobronzant, dans son nouveau bikini Missoni, sur une plage virginale de sable blanc, le visage dissimulé derrière d'énormes lunettes de soleil Chanel, tandis que des mecs sexy en short de surf lui apporteraient des cocktails exotiques dans des coques de noix de coco. Elle oublierait Yale et Nate et sa mère et Cyrus et cuirait sous le soleil chaud de l'île jusqu'à en devenir café au lait. Évidemment, elle savait que Kati et Isabel étaient hyperjalouses qu'elle n'ait demandé à aucune d'elles de l'accompagner à St. Bart mais, en toute honnêteté, elle n'en avait rien à battre.

Plus qu'une semaine à tenir.

Chuck Bass surgit derrière Olivia et posa ses grandes mains chaudes sur ses épaules nues, musclées par le tennis.

— Je viens de voir Nate et cette gamine de Constance en train de se peloter dans un coin, lança-t-il à la cantonade, comme si cette nouvelle les intéressait tous et toutes.

Chuck était beau mec, dans le style grand ténébreux pour pub d'après-rasage. Il était aussi le type le plus obsédé et en manque de tout New York. Il avait essayé de molester Serena quand, ivre morte, elle s'était endormie comme une masse dans la suite de ses parents au Tribeca Star Hotel au mois d'octobre et il avait failli obliger la petite Jenny Humphrey à enlever sa robe dans les toilettes pour dames lors de la soirée *Baiser sur les Lèvres* la même semaine. Chuck était le pire des enfoirés mais s'ils traînaient encore avec lui, c'était parce qu'ils étaient tous issus du même monde : il avait fréquenté une petite école privée de garçons ; à l'école primaire il était allé dans une école de danse à Arthur Murray, avait pris des cours de tennis à Asphalt Green et chanté à l'église de l'hôtel de front de mer dans le sud de la France. Il était invité aux soirées les plus branchées et aux ventes privées les plus chic, exactement comme eux tous, et il était né pour mener la grande vie, exactement comme eux tous. Même quand on le jetait, Chuck en redemandait. C'était un type impitoyablement imperturbable.

Olivia s'efforça d'enlever ses mains d'un coup d'épaules.

— Et alors ?

Chuck laissa ses mains là où elles se trouvaient.

— Nate t'a jamais dépucelée, pas vrai ? (Il entreprit de lui masser les épaules.) Je m'étais dit que je pourrais peut-être avoir cet honneur…

Tout le corps d'Olivia se raidit. Jusque-là, elle n'avait jamais franchement détesté Chuck mais voilà qu'elle comprenait pourquoi Serena le haïssait. Elle repoussa sa chaise, enleva brusquement ses épaules de sous ses mains et se leva.

— Je vais faire pipi, lança-t-elle, ignorant royalement Chuck. Après, on se barre. On pourra faire la fête chez moi ou ailleurs.

Aaron se leva et fit un pas vers elle, replaçant timidement ses dreadlocks derrière ses oreilles.

— Tu vas bien ? demanda-t-il, l'air inquiet.

À cet instant, son numéro à la Mister Sensible gonfla Olivia presque autant que l'obséquiosité de Chuck.

— Ça va.

Elle mit les voiles et traversa la salle du mieux qu'elle put, sur ses talons aiguilles Christian Louboutin en plexi de dix centimètres et dans sa robe Gucci noire ultramoulante, regardant droit devant elle pour éviter le spectacle de Nate avec cette petite Génie, ou quel que soit son putain de prénom.

Les invités se rassemblaient sur la piste de danse et chuchotaient, tout excités. Manifestement, Flow, le chanteur le plus sexy de l'industrie du disque, allait monter sur scène. Mais Olivia s'en fichait bien. Les célébrités la laissaient de glace, contrairement à la plupart des filles. Normal : elle était la star perpétuelle du long métrage qu'elle jouait dans sa tête, la plus grande vedette qu'elle connaissait.

quand une rock-star sexy met le feu

Jenny s'était trouvée dans une espèce de transe digne du septième ciel toute la soirée. Avant de l'accompagner au bal Noir et Blanc, Nate avait enfilé un nouveau smoking Donna Karan, était passé la prendre en taxi, l'avait emmenée manger des sushis et boire du saké – beaucoup trop – chez Bond, puis lui avait offert un petit pendentif turquoise Jade Jagger en forme d'étoile. Ses yeux verts scintillaient à la lueur de la bougie et ses cheveux châtain doré étaient si parfaitement ébouriffés que Jenny ne cessait de prendre des polaroïds dans sa tête afin de peindre un tout nouveau portrait de lui dès demain matin qu'elle ajouterait à sa collection.

Le clou de la soirée s'était produit après leur arrivée au bal. Nate ne l'avait pas traînée à droite et à gauche pour discuter avec des gens qu'elle ne connaissait pas. Même Jeremy Scott Tompkinson, Anthony Avuldsen et Charlie Dern, les meilleurs copains lourdingues de Nate, leur avaient foutu la paix. Ce soir, Nate était tout à elle, ravi de la tenir dans ses bras tandis qu'ils s'embrassaient dans un coin.

— Tu connais ce tableau, *Le Baiser*, de Gustav

Klimt ? s'exclama Jenny en posant les yeux sur l'adorable visage de Nate.

Nate fronça les sourcils.

— Pas vraiment.

— Mais si, tu le connais ! Il est hypercélèbre. Enfin bref, c'est à ce tableau que tout ça me fait penser.

Il haussa les épaules et observa la scène.

— Je crois que le type du groupe 45 va venir dire quelque chose.

Jenny s'adossa au mur. Avant Nate, elle aurait fait pipi dans sa culotte d'excitation à l'idée de voir une star comme Flow mais, pour l'heure, tout ce qu'elle souhaitait, c'était continuer à embrasser Nate.

— Alors ?

Elle pouffa et tapota sa bouche du dos de la main, veillant à ne pas étaler son brillant à lèvres MAC rose.

— C'était trop bien, ajouta-t-elle calmement.

— Quoi ? demanda Nate en jetant des coups d'œil distraits à travers la salle.

— C'est la première fois que j'embrasse quelqu'un aussi longtemps, avoua Jenny.

Nate se retourna vers elle et sourit. Il avait fumé un joint sur la route en allant la chercher et en sentait encore les effets. Il aimait la robe que portait Jennifer. Elle était longue et noire, décolletée devant et derrière, ornée de dentelle blanche spectaculaire qui voletait autour de ses minuscules chevilles.

Jenny avait acheté sa robe chez Century 21, une boutique de vêtements dégriffés que fréquentaient ceux qui cherchaient à faire de bonnes affaires et ceux qui ne connaissaient rien à rien et achèteraient n'importe quoi griffé, même si, de toute évidence, c'était une fringue pleine de défauts ou simplement une très mauvaise idée de créateur qui ne se vendrait nulle part, à part chez Century 21.

Jenny devrait très précisément économiser quatre mois d'argent de poche pour rembourser la robe à son père mais Nate n'avait pas besoin de le savoir. Il trouvait qu'elle ressemblait à un petit ange en noir et blanc. Un ange avec la plus belle paire d'amortisseurs qu'il avait jamais vus. Il frotta ses mains de haut en bas sur ses bras pâles et doux comme la peau d'un bébé. Elle était douce, douce et chaude comme du pain qui sort du four dans un restaurant cinq étoiles.

Le D.J. commença par passer le tube du groupe 45 « Korrupt Me » puis Flow surgit de nulle part sur la piste de danse d'un air désinvolte, vêtu d'une veste de smoking sur un T-shirt rouge disant « SOYEZ SYMPAS » en majuscules, et souriant comme celui qui sait qu'il est l'un des types les plus sexy du monde entier. Flow était le fils d'un top model danois posant pour de la lingerie et d'un gros bonnet du café jamaïcain et ressemblait, en bronzé et avec des yeux bleus, à Jim Morrison, le chanteur des Doors, le groupe culte des années soixante. Il se rendit derrière un podium en verre, la musique cessa et tout le monde hurla et applaudit. Jenny glissa sa petite main dans la plus grosse main de Nate et la serra quand ils sortirent de leur coin pour observer le spectacle.

— Je voudrais juste vous remercier tous d'être venus ici ce soir, si bien sapés, pour collecter de l'argent pour…

Flow ouvrit sa veste de smoking et montra son T-shirt du doigt, et les invités du bal les plus guillerets et enthousiastes qui n'avaient pas honte de passer pour des abrutis de première hurlèrent : « *Soyez Sympas !* »

Au même instant, Olivia ouvrit la porte des toilettes à la volée et trouva Nate et Jenny, main dans la main, pile sur son chemin. Jenny portait une robe voyante style grand-mère d'un goût douteux qui était beaucoup trop grande sur ses fesses et beaucoup trop petite en haut. Nate et elle avaient l'air de deux gosses vulgaires venus de leur banlieue pour assister au bal des étudiants.

Olivia ajusta les bretelles de sa robe et humecta ses lèvres rouge rubis. Plus tôt elle se tirerait d'ici, mieux ce serait. Mais elle ne pouvait pas s'esquiver sournoisement comme une pauvre ex plaquée. Elle avait vachement plus de fierté que ça, bordel !

Vachement, *vachement* plus.

— Je voudrais également remercier le comité chargé de l'organisation du bal, présidé par Olivia Waldorf et Serena van der Woodsen, poursuivit Flow, lisant la petite carte qu'il tenait à la main. Hé, les filles, pourquoi vous ne viendriez pas avec moi annoncer combien d'argent vous avez collecté ?

Tout le monde tendit le cou pour chercher les jeunes filles.

Dans son genre superexubérant bien à elle, Serena laissa échapper un cri de joie, traversa gracieusement la piste de danse puis monta sur le podium, ses cheveux blond clair flottant autour d'elle. Flow, abasourdi par sa beauté, recula d'un pas, et Serena se pencha vers le micro.

— Viens, Olivia ! cria-t-elle en passant la salle bondée en revue. Allez, viens !

Olivia sentit tous les regards braqués sur elle. Elle ébaucha un sourire, quitta son poste près de la porte des toilettes, passa juste sous le nez de Nate et Jenny, et se dirigea au tout devant de la salle.

La bouche de Nate s'ouvrit en grand quand son ex-petite copine cingla l'air. Elle était plus grande que dans ses souvenirs, et son cul était beaucoup plus dessiné. Ses longs cheveux brillaient et sa peau possédait cet éclat perlé qui lui donnait envie de la toucher. Elle était *bandante*. Non, plus que bandante. Brusquement, il se sentit confus. Il voulait l'attraper par le bras et lui dire : « Reviens. J'ai fait une erreur. » Mais Jenny serra affectueusement sa main et il baissa les yeux sur son regard noisette attendrissant, son décolleté extrêmement plongeant et oublia instantanément Olivia.

Nate était comme le plus idiot des golden retrievers. Mettez-lui un bâton sous le nez et il l'attrapera mais lancez-lui une balle de tennis et il oubliera le bâton pour courir après la balle.

Olivia les rejoignit sur le podium et Flow tendit un morceau de papier à Serena, un sourire jusqu'aux oreilles tant les deux présidentes du bal étaient, en fin de compte, sublimes.

— O.K., dit Serena en lisant le morceau de papier. Alors nous avons collecté huit cent mille quatre cents dollars. Le montant intégral des recettes ira à « Soyez Sympas », le nouveau fonds de défense international des animaux.

Elle exhiba son célèbre sourire, immortalisé sur

tant de photos pour les pages people des magazines et donna un petit coup de coude à Olivia.

Cette dernière avait présidé des centaines de trucs de ce genre. Ça n'avait plus aucun secret pour elle.

Elle se rapprocha du micro.

— Merci d'être venus ! cria-t-elle, arborant son plus beau sourire d'âme charitable. Et n'oubliez pas votre sac cadeau Coach – c'est ce qu'il y a de mieux !

La musique reprit, plus fort que précédemment, et tout le monde repartit picoler et danser. Flow pencha la tête vers Serena et lui murmura quelque chose à l'oreille. Son souffle était chaud et lui chatouillait l'oreille. Il sentait le cuir neuf.

La jeune fille gloussa.

— Attends une minute, d'accord ?

Flow hocha la tête tandis que Serena prenait Olivia par le bras et descendait du podium, entraînant son amie avec elle à leur table.

— Il veut que je le retrouve dehors pour qu'on aille faire une virée dans sa limousine. Vite, va chercher ton manteau ! Tu viens toi aussi.

Olivia se rembrunit. Elle n'était franchement pas du genre à tenir la chandelle, merci bien !

— Je ne crois pas, rétorqua-t-elle.

Serena fit comme si elle ne l'avait pas entendue. Elle ne laisserait pas son amie passer une soirée de merde.

Kati, Isabel, Chuck, Aaron et Miles étaient encore assis à la table et buvaient des petits verres de Stoli que Chuck avait apportée en douce dans une flasque d'argent monogrammée.

— Venez, lança Serena avec jubilation. Tout le

monde dehors ! On se barre de la soirée, direction la limousine de Flow !

Olivia fouilla dans son sac baguette Fendi en peau de vison et de tatou, pas vraiment non testé sur les animaux, pour récupérer son ticket de vestiaire. Parfois l'enthousiasme débordant de Serena devenait limite gonflant. Mais on ne pouvait pas dire qu'elle s'éclatait comme une folle à ce bal.

Elle aimait bien l'idée d'être hyper bien sapée et de se faire une virée en ville en regardant le monde défiler derrière les vitres fumées d'une limousine. Ça faisait tellement Audrey Hepburn dans *Diamants sur canapé*.

Et peut-être cette balade dans la limousine de Flow serait-elle précisément ce dont elle avait besoin pour transformer d'un coup de baguette magique la série de désastres qu'était sa vie en série de rêves réalisés.

Ou peut-être que non.

Nate commençait à en avoir marre de ne faire qu'embrasser Jenny. Il n'avait pas beaucoup bu et avait franchement besoin de se fumer un autre joint.

— Tu veux aller te balader ou autre chose ? lui demanda-t-il.

Jenny lui sourit. Les cils de Nate semblaient avoir été plongés dans de l'or, tout comme ses cheveux. La seule chose qui rendrait cette soirée encore plus parfaite qu'elle ne l'était déjà serait que son petit copain lui dise : « Je t'aime. » Et espérons que c'était justement ce qu'il était sur le point de faire.

— Bien sûr, répondit-elle avec empressement.

Ils récupérèrent leurs manteaux et Nate lui tint la

porte quand ils sortirent de l'hôtel en pleine effervescence.

Une gigantesque limousine noire aux vitres fumées était garée devant l'hôtel. Nate et Jenny descendirent les marches de marbre pour gagner le trottoir et Nate relâcha la main de la jeune fille pour allumer discrètement un joint. Jenny, dépitée, tripota ses gants de daim noir. S'il était sur le point de lui dire : « Je t'aime », elle n'avait pas envie qu'il soit raide déchiré en lui déclarant sa flamme.

D'un seul coup, la vitre arrière de la limousine se rabaissa et la sublime tête blonde de Serena apparut.

— Hé, vous deux ! leur lança-t-elle. Venez ! On va faire la fête ! Montez, montez !

Comme d'habitude, Serena agissait sur un coup de tête. Il ne lui vint même pas à l'esprit que c'étaient les deux dernières foutues personnes qu'Olivia avait envie de voir.

Jenny avait toujours vénéré Serena et faire un tour de voiture avec elle et qui que ce fût d'autre qui se trouvât dans le véhicule lui paraissait excitant et décadent. Plus excitant que de se balader dans le froid glacial pendant que Nate planait. Elle lui toucha le bras :

— On peut y aller ?

Nate haussa les épaules. Il était partant pour tout tant qu'il pouvait apporter son joint avec lui.

— Bien sûr, dit-il. Pourquoi pas ?

La portière s'ouvrit d'un coup et Jenny gloussa, tout excitée, quand elle escalada péniblement l'amas de jambes en bas résille et de genoux en smoking puis se glissa en se contorsionnant dans un tout petit coin près de la vitre, à côté d'une fille qui portait les chaussures les plus extraordinaires et les plus chères au monde qu'elle avait jamais vues. Une fille qui, en l'occurrence, n'était autre que l'ex-petite amie de Nate. Olivia Waldorf.

Le visage de Jenny devint rouge tomate et elle tourna immédiatement la tête de l'autre côté, juste pour se retrouver yeux dans les yeux avec un Chuck Bass concupiscent, l'enfoiré qui avait essayé de la coincer dans les toilettes lors de la soirée *Baiser sur les Lèvres* en octobre dernier.

Vous voyez ce qui se passe quand vous vous précipitez dans une limousine sans même vérifier au préalable qui se trouve à l'intérieur ?

pour d, jamais avant le mariage ?

Daniel Humphrey arracha d'un coup de dents l'ongle de l'auriculaire de Vanessa Abrams puis le recracha sur le tapis marron à poils longs de sa chambre. Cet ongle était beaucoup plus long que les autres et il en avait assez qu'elle le griffe toujours accidentellement avec.

— Hé, c'était mon ongle de guitare ! protesta Vanessa en se débattant pour retirer sa main et examiner les dégâts.

Dan rit, son visage pâle se plissant sous ses cheveux châtains ébouriffés. Il allait rarement chez le coiffeur mais son look débraillé allait de pair avec son image de poète échevelé et surcaféiné.

— Comme si tu jouais de la guitare ! lui lança-t-il.

Vanessa haussa les épaules et frotta le sommet de son crâne brun rasé de près avec son doigt pâle. Elle avait d'immenses yeux noisette, le teint diaphane et de fines lèvres rouges ; elle pourrait presque être jolie si elle cessait de se tondre le crâne. Mais elle n'était pas branchée beauté ; elle préférait le côté plus obscur des choses, leurs vilains points vulnérables.

— Comment tu le sais ? répliqua-t-elle. Le jour, je traîne avec toi mais la nuit, je déchire un max.

— Tu supportes même pas la musique forte ! railla Dan. (Il la repoussa sur le lit et se mit à la chatouiller sous les bras.) Ton C.D. préféré, c'est les enregistrements de bruits d'orage.

— Arrête ! hurla Vanessa en battant des bras et des jambes et en s'étranglant de rire, hystérique. Daniel Randolph Humphrey, arrêtez immédiatement !

Waouh, ne sont-ils pas mignons ?

Dan cessa de la chatouiller et s'assit sur le lit.

— Tu viens de dire un gros mot !

Vanessa redescendit son T-shirt noir à col montant sur son ventre pâle et rondinet.

— Randolph, Randolph, Randolph ! Qui donne à son gamin un deuxième prénom comme Randolph, d'ailleurs ? Ça fait marque de préservatif ou nom de star du porno, un truc de ce genre. Randolph le Lubrifiant ! brailla-t-elle.

Dan se calma brusquement et fronça les sourcils tout en tripotant une brûlure de cigarette dans la vieille couverture en laine verte de surplus militaire posée sur son lit.

Vanessa se rassit.

— Désolée. J'ai juré que je ne me moquerai pas de ton deuxième prénom et me voilà en train de me marrer comme une abrutie.

Mais ce n'était pas ça qui perturbait Dan.

— Clark a quel âge ? Vingt-deux ans, un truc comme ça ? lui demanda-t-il.

Les immenses yeux noisette de la jeune fille s'écarquillèrent encore davantage. Clark était le barman plus âgé avec qui elle sortait avant que Dan ait enfin une illumination et réalise qu'eux deux devraient être plus qu'amis.

— Mouais et alors ?

— Et il est barman. Dans le genre beau gosse ?

— On peut dire ça comme ça.

Elle ne comprenait toujours pas où il voulait en venir.

Dan se rallongea sur son lit et alluma sa millionième Camel de la journée. Il tira une longue taffe et souffla une volute de fumée bleu-gris dans l'air au-dessus de sa petite copine. Elle voyait bien qu'il essayait d'avoir l'air calme mais son regard était nerveux.

— Alors tous les deux, vous… euh… couchiez ensemble ou quoi ?

Vanessa tenta de réprimer un sourire. C'était donc ça ! Elle réfléchit à sa réponse.

— En gros.

— Quoi ? En gros oui ou en gros non ?

— En gros oui mais pas tant que ça, répondit vaguement Vanessa.

Clark et elle avaient baisé deux fois. La première fois, en plein jour et elle avait été si embarrassée par son corps qu'elle n'avait pas franchement prêté attention au reste. La deuxième fois, elle était plus détendue mais n'avait toujours pas compris pourquoi on en faisait tout un plat. Cela lui avait semblé préhistorique, dans un style amusant. Genre, c'était exactement la même chose que faisaient tous les zèbres et les hyènes à la saison des amours dans ces documentaires animaliers. Pourtant, c'était quand même cool de l'avoir déjà fait. Ça lui donnait le sentiment d'avoir plus d'envergure, d'être la nana qui avait tout fait, tout vu, tout vécu.

— Je vois, fit Dan en tirant une nouvelle bouffée sur sa cigarette.

Puis une autre. Il traça du doigt la couture de l'ourlet de sa taie d'oreiller blanche tachée de café. Il était puceau et Vanessa n'était plus vierge. Il ignorait quels sentiments cela lui inspirait.

En fait, non. Il le savait. Il se sentait nerveux, stupide, petit, maigrichon, pâle, bizarre et carrément pas à la hauteur. Pourquoi donc devrait-elle coucher avec un autre mec ?

— Écoute, je sais que tu es puceau, lui déclara Vanessa sans ambages. Mais ça ne veut pas dire que tu doives nécessairement le rester.

Elle arqua ses épais sourcils noirs de manière suggestive et lui fit un grand sourire.

Dan leva les yeux et lui rendit son sourire, les joues rosissant, adorable.

— Vraiment ?

Vanessa hocha la tête et s'approcha de lui de quelques centimètres.

— Vraiment.

Elle posa ses mains sur son torse maigrichon et le poussa sur le lit. Puis elle ôta la cigarette de sa main et la plongea dans le mug à moitié vide de café moisi sur sa table de nuit.

— Ne t'inquiète pas, dit-elle de sa plus belle voix rauque de femme expérimentée. Je sais ce que je fais.

Elle l'embrassa délicatement sur la bouche puis entreprit de les déshabiller tous les deux. Elle commença par enlever le T-shirt gris de Dan puis son

T-shirt noir à elle. En dessous, elle avait un marcel noir. Vanessa ne portait que du noir.

Dan respira un bon coup et ferma les yeux. Ce n'était pas ainsi qu'il avait imaginé que les choses se passeraient. Pour lui, une relation sexuelle, au même titre que la naissance et que la mort, était l'une des expériences les plus intenses et les plus poétiques que l'on pouvait vivre. Ce n'était pas quelque chose que vous faisiez un samedi soir avec votre petite amie quand vous vous ennuyiez, avant les examens de milieu de semestre. C'était une expérience que vous viviez quand vous vous étiez déjà découverts sous toutes les coutures – intellectuellement, spirituellement et philosophiquement. Dan avait même caressé l'idée d'attendre d'être marié et prêt à avoir des enfants pour perdre sa virginité. Il désirait cinq enfants, à qui il donnerait le nom de ses auteurs préférés : Kafka, Goethe, Sartre, Camus et Keats. Même s'il n'attendait pas d'être marié, la première fois était censée être un processus de découverte, comme si vous appreniez à parler à l'autre dans une nouvelle langue.

Mais Vanessa avait déjà appris cette langue – avec un autre mec.

— Tu as vraiment de tout petits pieds, remarqua-t-elle en s'agenouillant par terre et en ôtant les chaussettes de Dan.

Celui-ci se rassit brusquement et retira ses pieds des mains de Vanessa.

— Attends.

Vanessa se glissa sur le matelas et s'assit à côté de lui en tailleur, uniquement vêtue de ses collants et de son marcel noirs.

— Qu'est-ce qui ne va pas ?

— Je ne veux pas le faire, dit Dan. (Il croisa ses bras maigres sur son torse nu. Il portait encore son pantalon en velours côtelé mais se sentait extrêmement nu.) Je veux dire, pas maintenant.

Vanessa tendit la main et lui donna un petit coup taquin sur le bras.

— J'étais nerveuse moi aussi, la première fois. Y a pas de quoi en faire un plat, lui dit-elle d'un ton rassurant. Promis.

Dan déglutit et regarda le plafond. Il garda les yeux rivés sur une fissure dans une moulure au-dessus de sa tête.

— Je préférerais juste attendre que ce soit plus… spontané.

— *O.K.*, acquiesça lentement Vanessa. Mais ce n'est que du sexe, tu sais. Ça n'a rien d'un poème.

De toute évidence, elle était à côté de la plaque. Pour Dan, ça avait *tout* d'un poème. C'était probablement le poème le plus important qu'il écrirait jamais.

Il attrapa son T-shirt et l'enfila par la tête.

— Je préférerais juste attendre, c'est tout.

— Bien, dit Vanessa, à deux doigts de perdre patience.

Dan analysait toujours tout à outrance, puis reportait toujours tout dans son petit carnet noir jusqu'à ce qu'il n'y ait plus rien à écrire. Elle adorait son côté sensible et romantique mais, pour une fois, ce serait bien s'il oubliait de trop réfléchir et suivait ce foutu mouvement. Mais elle avait eu un grand faible pour lui la première fois qu'ils s'étaient rencontrés et étaient devenus les meilleurs amis au monde voilà trois ans. Elle n'allait pas tout gâcher maintenant qu'ils sortaient enfin ensemble.

Dan alluma une autre cigarette. Ses mains tremblaient comme des feuilles.

Vanessa lui donna de nouveau un petit coup taquin.

— Hé, arrête de te prendre la tête comme ça ! Ça ne me dérange pas qu'on le fasse pas, d'accord ?

Il opina et Vanessa lui prit la main qu'elle mit autour de ses épaules. Ils se rallongèrent sur le lit et Dan souffla la fumée dans la lanterne vénitienne rouge en papier au-dessus de sa tête tout en caressant doucement le côté du crâne en brosse de sa petite copine avec son pouce. Il était ravi de ne pas avoir eu à trop se justifier. Voilà ce qu'il y avait de bien à sortir avec sa meilleure amie – elle le connaissait presque mieux qu'il ne se connaissait lui-même.

Ils restèrent allongés ainsi un moment, observant la fumée de sa cigarette s'élever dans l'air. Voilà un autre avantage à sortir avec votre meilleure amie. Vous n'êtes pas obligés de parler tout le temps.

— Dès que c'est les vacances, je veux tourner un autre film, lança Vanessa, brisant le silence. J'ai peur que mon film *Guerre et Paix* soit beaucoup trop obscur pour que je l'envoie à l'Université de New York.

Le dernier film que la jeune fille avait réalisé était une adaptation d'une scène du *Guerre et Paix* de Tolstoï, dans lequel Dan jouait le rôle d'un Prince Andréi accro au crack. Vanessa avait posé sa candidature à l'Université de New York tôt dans l'année et souhaitait leur envoyer un de ses films au lieu d'une dissertation, vu que la réalisation cinématographique était ce dans quoi elle avait l'intention de se spécialiser. Elle avait hâte. Plus qu'un trimestre à Constance Billard, l'École de Filles Maigres et Coincées où, Dieu merci, elle ne se sentait absolument pas à sa place, et elle serait libre, libre, LIBRE !

Dan souffla une longue bouffée de fumée. Il ne comprenait pas pourquoi son amie se faisait du souci. Ses films étaient obscurs mais c'était pour cela qu'ils étaient géniaux. Il ne voyait pas pourquoi l'Université de New York ne l'accepterait pas.

— Si quelqu'un doit se faire du souci, c'est bien moi, dit-il, les mains tremblant de nouveau de nervosité.

— Comment ça ? s'enquit Vanessa. N'importe quelle école avec un programme d'écriture un tout petit peu décent ferait des pieds et des mains pour t'avoir.

— Mouais mais en parlant d'obscur… mes poèmes sont vraiment…

Dan se tut. Ses poèmes étaient *personnels*, voilà ce qu'ils étaient. Et pour lui, c'était quelque peu bizarre d'envoyer un tas de poèmes à une personne lambda chargée des inscriptions, à Columbia, Brown ou Vassar, comme s'il mettait son âme à nu devant un parfait inconnu qui, si ça se trouvait, n'avait même pas lu les œuvres de Goethe, Sartre ou Camus et ne comprendrait pas ses références indirectes à leur œuvre.

— Tu sais, tu devrais même envisager d'essayer de faire publier certains trucs que tu as écrits, suggéra la jeune fille. Ça pourrait déchaîner l'enthousiasme des chargés d'inscription à la fac.

Dan écrasa le mégot de sa cigarette dans une canette de Coca vide.

— Ouais, c'est vrai, dit-il.

Il aimait écrire mais jamais, au grand jamais ne serait-il prêt à envoyer des trucs pour qu'ils soient publiés. Il n'avait même pas encore trouvé sa voie. Il le savait. Chaque nouveau poème qu'il écrivait était différent des premiers.

Vanessa se rassit sur le lit.

— Quoi ? Je suis sérieuse. Tu devrais le faire.

— Comme tu veux, marmonna-t-il à contrecœur en se vautrant encore plus sous la couverture.

Il n'était pas prêt à baiser, et il n'était pas prêt à être publié. Voilà qu'il se sentait encore moins à la hauteur.

Vanessa savait quand il était temps de laisser tomber. Elle respira un bon coup et canalisa sa minette intérieure, celle qui se levait de son coin chaud sur le radiateur uniquement lorsque Dan avait besoin qu'elle lui fasse un bisou râpeux sur son mignon petit visage.

Elle se faufila sous les couvertures et l'embrassa sur le menton.

— Plus qu'une semaine et on pourra passer toutes les vacances à glandouiller comme ça, murmura-t-elle.

Contrairement à la majorité de leurs camarades de classe de Constance Billard ou de Riverside Prep, ni Dan ni Vanessa ne partaient dans un endroit glamour pour les vacances. Vanessa habitait avec Ruby, sa bassiste de sœur aînée, dans un appartement du quartier de Williamsburg à Brooklyn. Leurs parents étaient des artistes avant-gardistes qui vivaient dans le Vermont et passaient tous les Noëls en tournée avec leur troupe d'art performance. Dan et sa sœur, Jenny, vivaient avec leur père Rufus, écrivain communiste et éditeur de petits poètes beatniks, qui ne croyait ni à Noël ni à Hanoukkah ni à aucune autre fête religieuse, d'ailleurs.

— Papa fait son dîner-lasagnes annuel vendredi prochain, dit Dan et il passa ses mains sur le dos de Vanessa, s'autorisant à se détendre de nouveau. (Il adorait la sensation de douceur et de solidité de son dos, pas du tout osseux comme le sien.) Tu viendras, hein ?

Elle haussa les épaules.

— Bien sûr. Mais préviens ton père que je n'ai pas l'intention de me goinfrer comme l'an dernier. Voilà autre chose que je compte faire pendant les vacances. Je vais perdre deux kilos.

— Pourquoi ? lui demanda-t-il en continuant à lui caresser le dos.

Vanessa n'avait nul besoin de se mettre au régime. Son corps était exactement tel qu'il l'avait décrit dans l'un de ses poèmes : comme de l'eau.

— Parce que je rentrerai mieux dans mes fringues si je maigris.

Elle se fichait bien d'être émaciée comme la majorité de ses camarades de classe mais elle en avait marre de devoir rentrer son ventre pour pouvoir boutonner ses pantalons.

— Eh bien, je t'aime comme tu es, dit Dan en fourrant son nez dans son oreille.

Vanessa tourna la tête vers lui et leurs lèvres se scellèrent dans un long et doux baiser. Pendant qu'ils s'embrassaient, elle ne pouvait s'empêcher de songer que coucher avec Dan serait sûrement bien plus riche que cela l'avait été avec Clark. Si seulement il était prêt !

— Je t'aime, murmura-t-il en ouvrant ses yeux noisette vifs.

— Moi aussi, répondit-elle en fermant les siens.

Elle envisagea brièvement de lui redemander s'il voulait essayer de coucher avec elle mais elle ne souhaitait pas gâcher le moment. Elle devrait juste attendre qu'il soit prêt, quoique, avec Dan, cela pourrait bien vouloir dire attendre qu'ils soient mariés, au mieux.

Chiants à mourir ! Comme s'ils ne se comportaient pas *déjà* comme un couple marié.

j regrette d'être de la fête

Sur la banquette arrière de la limousine, Olivia se retrouva coincée entre cette Jenny Humphrey aux nibards énormes et Miles, l'échalas aux cheveux en pics, le copain batteur d'Aaron. De l'autre côté, Serena était assise sur les genoux de Flow – « pour faire de la place à tout le monde » prétendit-elle – et Nate était blotti contre la vitre, en train de planer. Il avait aussi roulé des joints à Kati, Isabel et Chuck, encore plus gonflants défoncés que bourrés. Aaron était assis en tailleur par terre entre les deux sièges arrière, fumait l'une de ses cigarettes aux plantes et jouait à la PlayStation 2 de la limousine.

— Quel est ton vrai nom, au fait ? demanda Serena à Flow, même si elle savait déjà, pour regarder MTV, qu'en réalité il s'appelait Julian Prospere. En fait, c'était vachement mieux que Flow mais elle n'allait pas le lui dire.

Il la gratifia de son célèbre sourire de petit garçon timide immortalisé sur les couvertures de *Spin*, *Rolling Stone*, *Entertainment Weekly* et *Interview* puis secoua la tête.

— J'te l'dirai pas.

— Tant pis. T'es pas aussi beau en vrai, dit-elle en détournant la tête dans un petit sourire malicieux.

Elle mentait, bien sûr. Il était au moins dix fois *plus* beau qu'en photo, si tant est que ce fût possible.

Serena savait qu'elle était ridicule de flirter comme ça mais elle adorait ses cheveux brun foncé qui bouclaient sur ses tempes, sa peau bronze doré et ses longs doigts fins. Pourquoi ne pas flirter avec lui ? Ce ne serait qu'une aventure d'un soir. Demain, Flow repartirait à L.A. ou dans la ville où il habitait, et elle se mettrait enfin à réviser pour ses examens de milieu de semestre. Tout ce qu'elle voulait, c'était s'éclater un peu.

Tout ce que Serena avait *toujours* voulu, c'était s'éclater un peu.

Flow grimaça, feignant d'avoir honte de son look de dieu.

— Désolé. Je suppose que je ne suis pas non plus aussi grand qu'en photo.

Il se pencha et ouvrit d'un coup la porte du mini-frigo Sub-Zero sous son siège.

— Hé, on a de quoi boire ici. Quelqu'un a soif ?

— Moi, s'il te plaît, répondit immédiatement Olivia.

Être bourrée comme un coing était le seul moyen de supporter tout ça.

— Euh, je veux bien essayer, tenta timidement Jenny.

La limousine fit une embardée sur une bouche d'égout et ses seins rebondirent implacablement. Elle coula un regard furtif à Nate pour voir s'il s'en était rendu compte mais celui-ci regardait par la vitre avec ce regard de shooté qu'il avait quand il était raide défoncé.

Miles aida Flow à remplir dix flûtes de champagne en cristal. Il en tendit une à Olivia.

— Santé, dit-il en trinquant avec elle.

Olivia s'empara de la flûte puis, comme elle n'était pas assise près de la vitre et n'avait rien d'autre à regarder, scruta le visage de Miles. Il avait des yeux ronds brun doré, un peu comme ceux de Mookie, le chien d'Aaron. Son petit nez mutin en trompette était parsemé de minuscules taches de rousseur et ses cheveux blonds très clairs rebiquaient tout droit. À en juger par la façon dont ses veines saillaient sur son long cou, il faisait sûrement de la musculation ou jouait au basket, quelque chose du genre. L'un dans l'autre, il avait tout du personnage de dessin animé avec un corps d'athlète. Mais vu qu'elle n'avait rien de mieux à faire et que, manifestement, elle le faisait complètement craquer, Olivia se dit que flirter avec lui serait légèrement divertissant.

Elle posa une main sur sa jambe.

— Merci, fit-elle en buvant une gorgée de champagne.

Miles sourit comme s'il croyait que c'était le début d'une belle amitié.

Flow ne pouvait plus s'arrêter de s'extasier devant Serena :

— Tu es vraiment la plus belle fille que j'aie vue depuis longtemps, lui murmura-t-il à l'oreille. Peut-être depuis toujours. Je n'arrive pas à croire que tu ne sois pas actrice ou top model.

Serena plongea ses doigts dans sa flûte de champagne puis les porta à sa bouche. Vu sa célébrité, elle aurait cru que Flow serait trop sûr de lui ou mielleux mais il était étonnamment sérieux. S'il n'avait pas été une sublime rock-star, son comportement l'aurait complètement refroidie mais il *était* une sublime rock-star et elle décida donc de fermer les yeux là-dessus.

— Pas du tout, dit-elle. Je suis juste moi.

En fait, des photos de Serena apparaissaient constamment dans les chroniques mondaines et les magazines ; elle n'était tout simplement pas payée pour – elle n'en avait pas besoin.

Flow continuait à la manger du regard.

Serena gloussa.

— Arrête.

— Oooh, baby, dit odieusement Chuck en tirant sur son joint. Y en a qui vont s'envoyer en l'air ce soir !

Il ferma les yeux. On aurait dit qu'il allait s'endormir comme une masse, ivre mort.

— Je meurs de faim, lança Kati. (Elle ouvrit le cendrier dans la portière de la limousine puis le referma.) Tu n'as rien à manger ?

— J'ai des fourmis… partout, déclara Isabel, les yeux exorbités.

Aaron leva les yeux et vit Olivia assise tout près de Miles, sa main négligemment posée sur son genou. Sans même finir sa partie, il éteignit la PlayStation 2 et se leva, se faisant tout petit pour tenir entre eux sur le siège.

— Aïe, pleurnicha Olivia quand son petit cul maigrichon heurta sa hanche.

— T'as qu'à te pousser, dit Aaron. Hé, où on va au fait ? demanda-t-il à Flow.

Celui-ci passa ses longs doigts de musicien dans l'interminable chevelure blonde de Serena et haussa les épaules.

— Dans le centre. On s'arrêtera peut-être en boîte.

Jenny serra bien fort sa flûte de champagne et gigota sur son siège. Très bien *qu'eux* aillent en boîte. Ils faisaient plus vieux que leur âge et étaient probablement tous en possession de fausses pièces d'identité. En dépit de sa poitrine, Jenny avait toujours l'air d'avoir dix ans. On contrôlait même son identité chez Blockbusters, la boutique de location de vidéos interdites aux moins de dix-huit ans ! La dernière chose qu'elle désirait était de voir tout le monde passer la porte d'une boîte cool tandis que le videur lui demanderait gentiment s'il n'était pas largement l'heure d'aller se coucher. Elle aurait dû juste aller se balader avec Nate. Elle s'amusait toujours beaucoup plus quand ils étaient seuls tous les deux que quand ils traînaient avec d'autres personnes.

— Nate ? fit-elle en se penchant en avant et en lui prenant la main. Je vais probablement pas tarder à rentrer.

Il était un peu plus de minuit et, de toute façon, elle était censée être chez elle à une heure.

Contrairement aux apparences, Nate n'était pas complètement déchiré. Il avait remarqué qu'Olivia était vautrée sur ce garçon maigrichon aux cheveux en pics qu'il voyait pour la première fois et avait aussi constaté que Jenny était quelque peu mal à l'aise. Mais lorsque les choses prenaient une tournure bizarre, Nate avait tendance à être dans le coaltar et à attendre que quelqu'un d'autre agisse à sa place.

— D'accord, dit-il en se secouant. Partons d'ici.

Le shit qu'il avait apporté était extrêmement doux et il n'avait de toute façon pas envie d'aller dans une boîte bruyante. Après avoir déposé Jenny, il pourrait toujours appeler Jeremy sur son portable et le retrouver avec les autres dans ce bar de Rivington qui disposait d'une arrière-salle dans laquelle vous pouviez vous asseoir sur un canapé et fumer du cannabis sans que personne ne vous dérange.

— Hé ! lança-t-il en tapant à la vitre qui séparait la banquette arrière du chauffeur. On peut descendre ici ?

Olivia sourit. Aurait-elle, par hasard, pris Nate tellement à rebrousse-poil qu'il devait absolument descendre parce qu'il ne pouvait pas supporter de la voir poser ses mains sur un autre mec ?

— Hé, Natie, vous ne voulez pas sortir avec nous ? demanda Serena.

Nate haussa les épaules.

— Je dois la raccompagner chez elle, dit-il.

Jenny se rembrunit. Elle n'aimait pas particulièrement qu'on dise « *la* » pour parler d'elle. Le chauffeur de la limousine arrêta la voiture et leur ouvrit la portière arrière. Jenny sortit d'un bond et Nate la suivit péniblement. « Bye ! » lança-t-elle jovialement à tous ceux qui étaient restés à l'intérieur.

De l'autre côté du siège arrière, Chuck lui fit un petit sourire narquois en plissant les yeux.

— Dommage, grogna-t-il.

Jenny ne savait pas très bien ce qu'il insinuait mais elle était quasi sûre que c'était pervers.

— À plus ! cria Serena, la seule autre personne à s'être rendu compte de leur départ. Bonne chance pour les exams !

Nate et Jenny ne pipèrent mot dans le taxi qui les remmena au centre-ville. Nate regardait béatement défiler les magasins et les restaurants, comptant silencieusement dans sa tête de un à vingt puis recommençant à zéro dans son cerveau de défoncé. Jenny était assise les jambes croisées, même très croisées, et se prenait la tête pour tâcher de comprendre ce qui s'était mal passé. C'était principalement sa faute, se dit-elle. C'était elle qui avait tenu à faire un tour en limousine pour commencer.

Le taxi s'arrêta devant l'immeuble de Jenny à l'angle de la 99e et de West End Avenue. Elle posa la main sur la poignée de la portière.

— Salut, dit Nate en effleurant la manche de son manteau.

Il ne pouvait pas la laisser partir sans lui dire bonsoir. Qu'il soit déchiré de chez déchiré, il était bien élevé et les bonnes manières allaient de pair avec sa bonne éducation.

Il l'embrassa sur la joue, ses cheveux blond roux effleurant sa peau.

— Bonne nuit, lui dit-il dans un sourire doux de petit garçon.

Jenny lui rendit son sourire, souhaitant plus que tout au monde oublier l'heure qui venait de s'écouler et faire comme si la soirée se terminait aussi magnifiquement qu'elle avait commencé.

— Bonne nuit, dit-elle, rechignant brusquement à partir.

— Dors bien, ajouta Nate, ses yeux verts scintillant à la lueur du lampadaire.

Génial.

Il pouvait être si incroyablement adorable parfois ! Le cœur débordant d'amour pur, Jenny ferma bruyamment la portière et se précipita dans l'entrée de son immeuble. Au lieu de prendre l'ascenseur, elle gravit les huit étages quatre à quatre puis entra en trombe dans son appartement.

— Salut, lui lança Dan, son frère aîné.

Il descendait le couloir, rapportant deux mugs de café instantané Folgers dans sa chambre.

— Salut.

Jenny ôta son manteau noir en fausse fourrure et le jeta sur une chaise dans un coin. Le manteau se balança un moment sur le dos de la chaise avant de glisser par terre. Personne ne s'en rendrait compte. Voilà des années que le ménage n'avait pas été fait dans leur vieux quatre-pièces immense et tentaculaire.

— C'était comment ? demanda Dan.

Le pendentif turquoise en forme d'étoile que Nate lui avait offert pendillait sur sa gorge. Jenny le toucha pour se rassurer.

— C'était bien. (Elle regarda les tasses dans les mains de son frère.) Vanessa est encore là ?

Dan hocha la tête. Il sentait que quelque chose n'allait pas.

— Ouais. Tu veux venir avec nous un moment ?

Jenny et Dan s'entendaient bien mais il n'était pas toujours aussi gentil avec elle.

— D'accord, accepta-t-elle en le suivant dans le couloir qui menait à sa chambre.

Vanessa était assise sur le lit, toujours en marcel et collants noirs.

— Salut Jennifer, dit-elle en prenant une tasse de

café dans les mains de Dan. Tu veux toujours que je t'appelle comme ça, hein ?

Jenny opina. Seuls Nate et Vanessa l'appelaient Jennifer. Nate, parce que c'était sous ce prénom qu'elle s'était présentée à lui quand ils s'étaient rencontrés au parc. Et Vanessa, parce que Jenny le lui avait demandé.

Vanessa avait toujours été sympa avec elle. Elle l'avait toujours traitée avec respect.

Le lit de Dan était en bordel et les autres vêtements de sa petite copine traînaient par terre. Aux yeux de Jenny, il était clair comme de l'eau de roche que son frère et Vanessa avaient baisé. Elle resta debout sur le pas de la porte, trop gênée pour s'aventurer plus loin.

— Je peux vous poser une question ? demanda-t-elle enfin.

Elle n'avait pas précisé à qui elle s'adressait au juste parce que ça lui était bien égal d'obtenir deux réponses.

— Vas-y, dit Vanessa en sirotant son café, les mains collées à son mug bouillant.

— Pouvez-vous me dire honnêtement ce que vous pensez de Nate ?

Dan fronça les sourcils. Nate et lui ne fréquentaient pas la même école mais, par un pur hasard, il s'était retrouvé le mois dernier en expédition pour Brown avec Serena van der Woodsen, Nate et ses potes défoncés. D'après lui, Nate n'était qu'un beau gosse bourré de fric et un grand consommateur de cannabis. Il n'avait rien de mauvais mais n'avait rien non plus d'exceptionnel. En gros, ça le tuait que sa sœur, belle et intelligente, perde son temps avec un type qui lui briserait forcément le cœur. Mais en même temps, il comprenait pourquoi Jenny était aussi entichée de Nate. Il était plus vieux, pour commencer, et c'était le genre de garçon mignon et hyper apprécié avec qui toutes les filles aimeraient sortir. En tout cas, jusqu'à ce qu'elles réalisent combien il était chiant à mourir.

Au fond de lui persistait une inquiétude : que Nate mette la pression sur sa sœur pour lui faire faire des choses qu'elle n'était pas prête à faire. Mais bon, Jenny était rentrée presque une heure plus tôt que prévu et n'avait pas l'air bouleversée ni rien, et il décida donc de ne pas mettre le sujet sur le tapis.

Vanessa haussa les épaules. Nate était le genre d'imbécile de gosse de riche BCBG qu'elle ne pouvait pas blairer mais elle ne voulait pas faire souffrir Jenny en lui faisant part de ses sentiments.

— Je ne le connais pas vraiment mais toutes les filles de Constance parlent tout le temps de lui. J'imagine qu'il doit faire un bon petit copain.

Dan hocha la tête.

— Ouais.

C'était une façon décente de dire les choses.

Jenny fronça les sourcils.

— O.K., dit-elle, se sentant encore plus déconcertée que jamais. Je crois que je vais prendre une douche.

Elle ferma la porte de la chambre de Dan et descendit le couloir jusqu'à la sienne. *Il doit faire un bon petit copain*, répéta-t-elle en son for intérieur. Qu'est-ce que c'était donc censé vouloir dire, bordel ? Elle ne voulait pas qu'un bon petit copain. Elle voulait ce truc que Gustav Klimt avait si parfaitement immortalisé dans *Le Baiser*. Ce sentiment radieux, électrique, véhiculant le message, genre : « retiens-moi-pour-pas-que-je-tombe-de-mon-septième-ciel », ce sentiment *d'être amoureux*.

Eh bien, n'est-ce pas ce que nous souhaitons toutes, ma belle ?

pour être gentil, tu dois être cruel

Quand la limousine se gara devant le Gorgon, la nouvelle boîte branchée du Lower East Side, Kati, Isabel et Chuck s'étaient tous endormis sur la banquette de cuir noir de la voiture dans une espèce d'enchevêtrement de cheveux, d'écharpes, de sacs à main, de jambes et de manteaux. Olivia, Serena, Flow, Miles et Aaron descendirent sur le trottoir et les regardèrent.

— Merci mon Dieu ! s'exclama Olivia.

Si elle devait écouter Kati ou Isabel sortir une autre débilité de défoncée comme quoi tout le monde était tout rouge ou une autre connerie de ce genre, elle se mettrait à hurler.

— On dirait des chiots, fit remarquer Serena.

— Vous voulez que je les réveille ? proposa Miles.

— Non ! crièrent les deux filles à l'unisson.

— Hé, Miles, dit Aaron, c'est pas une des boîtes de nuit de ton père ?

Miles s'empourpra et regarda ses chaussures de soirée Christian Dior noires et brillantes.

— Ouais.

Olivia trouva plutôt mignon qu'il soit gêné.

— Cool, dit Flow en entrelaçant ses doigts nus aux doigts gantés de Serena. Prête à mettre le feu ?

Serena éprouvait ce sentiment génial, cette espèce de vertige qui la gagnait quand elle ne savait pas très bien ce que lui réservait la suite des événements. C'était son sentiment préféré. Elle serra affectueusement la main de Flow en retour.

— À fond !

Ils se dirigèrent vers la porte de la boîte. Le videur détachait déjà le cordon en velours rouge pour les laisser passer.

— Attendez ! fit Olivia.

Elle s'arrêta brusquement, se rappelant la grossièreté que lui avait sortie Chuck dans la soirée. C'était le moment de saisir sa chance, l'heure de sa vengeance douce et minable.

— Qui a un stylo ? demanda-t-elle.

Flow sortit le feutre noir qu'il avait toujours à portée de main pour signer des autographes dans la poche intérieure de sa veste de smoking. Olivia se pencha dans la limousine, veillant bien à ne pas effleurer le nez de Chuck avec la manche de son manteau quand elle écrivit : « *Ramenez ce loser chez lui* » sur son front. Puis elle claqua bruyamment la portière de la limousine.

— Merci, dit-elle à Flow en lui rendant son feutre.

Ils passèrent devant l'énorme videur barbu et franchirent le cordon de velours rouge.

— Hum, lâcha Aaron, hésitant. (Il ouvrit son Zippo puis le referma d'un coup.) Je crois que je vais rentrer en fait. J'ai des tonnes de boulot pour demain.

Olivia roula les yeux.

— Et alors ? Moi aussi.

— Tu veux rentrer avec moi ? lui proposa son demi-frère.

Olivia jeta un œil à Serena qui secouait résolument la tête.

— Non, répondit-elle.

— Tu es sûr que tu veux t'en aller ? demanda Miles à Aaron. C'est plutôt cool ici. Et je peux nous avoir une salle privée.

— Génial ! lança Flow, sincère.

Aaron secoua la tête.

Il constituait l'exception dans la bande et il le savait.

— Ouais. À plus, les gars !

Tous les quatre l'observèrent s'en aller dans la rue, les mains dans les poches de son pantalon de smoking, des pans de chemise voletant derrière lui. Puis Flow prit Serena par la taille et l'entraîna vers la porte de la boîte en courant.

— Le dernier à l'intérieur est un œuf pourri ! cria Serena d'une voix perçante.

Olivia était sur le point de les suivre lorsque Miles lui prit la main.

— Hé, ça te dérange si je fais quelque chose avant que nous entrions ?

Olivia leva les yeux sur lui. Non, ça ne la dérangeait pas. Après tout, c'était elle qui avait posé la main sur sa jambe dans la voiture.

Miles se pencha vers elle et déposa un tout petit baiser tout doux sur sa bouche. C'était un baiser très poli, très gentleman.

— J'ai eu envie de le faire toute la soirée, lui confia-t-il dans un sourire timide.

Olivia s'efforça d'adopter l'attitude je-m'en-foutiste de Serena. Elle pouvait l'embrasser. Elle pouvait s'éclater au hasard avec un garçon de hasard qui n'avait rien à voir avec Nate. Et puis, après cette soirée, elle n'était pas obligée de revoir Miles si elle n'en avait pas envie.

Elle lui fit un sourire de sainte-nitouche.

— Je crois bien que nous sommes les œufs pourris, dit-elle.

Puis elle leva son menton pour l'embrasser. Et cette fois leur baiser fut tout sauf poli.

En trois mille mots maximum, parlez-nous d'une personne qui vous a profondément inspiré. Veuillez démontrer quel effet sa vie a sur la vôtre le plus précisément possible.

Olivia Waldorf

Dissertation en vue d'une inscription à l'Université de Yale

18 décembre.

Audrey Hepburn est née à Bruxelles le 4 mai 1929. Fille d'une baronne hollandaise et d'un homme d'affaires anglo-irlandais, le nom qui figure sur son certificat de naissance est Audrey Kathleen Heemstra Ruston. Quand elle n'avait que trois semaines, elle a attrapé la coqueluche et son cœur s'est arrêté mais sa mère, déterminée, l'a réanimée en lui donnant une claque sur les fesses. Et même si elle n'était qu'un bébé, Audrey a dû apprendre une leçon ce jour-là car, par la suite, même quand elle était malade, elle a profité un maximum de la vie. Chaque fois que je me sens submergée par la pression de mes examens ou mon emploi du temps de folie, je pense à Audrey et suis inspirée.

À mon avis, si vous vous appliquez et travaillez dur pour viser un objectif, vous serez récompensé. Audrey a été récompensée quand elle a été découverte par…

gossipgirl.net

thèmes ◀précédent suivant ▶ envoyer une question répondre

Avertissement : tous les noms de lieux, personnes et événements ont été modifiés ou abrégés afin de protéger les innocents. En l'occurrence, moi.

salut à tous !

LES STARS SONT-ELLES VRAIMENT PLUS INTÉRESSANTES QUE DES GENS COMME VOUS ET MOI ?

Nous parlons d'elles comme si nous les connaissions. Nous lisons tout ce que nous pouvons trouver sur elles. Nous sommes tristes pour elles quand elles sont en pleine déprime et contents lorsqu'elles se marient ou remportent un Oscar. Nous critiquons leur coiffure, remarquons quand elles prennent ou perdent du poids. Nous délirons même que nous deviendrons amies avec elles. Et bien sûr, elles ont des fringues sublimes, des tas de maisons et des entrées dans tous les nouveaux restaurants en vogue. *Mais nous aussi*. La vérité, c'est que la seule chose qui rend les célébrités intéressantes, c'est qu'elles sont célèbres. À moins que, naturellement, elles soient réellement intéressantes, comme… euh, *moi* par exemple.

ON A VU

S et **Flow** – oui, *ce* **Flow**-*là*, celui qui a récemment reçu le MTV Music Award du meilleur premier album – danser comme des fous au **Gorgon** samedi soir. Après on les a vus entrer au **Tribeca Star** – pour prendre une chambre, peut-être ? Espèces de vilains ! Je suis sûre que nous saurons tout ce qui s'est passé dans la presse à scandales dès demain. On a aussi vu **O** et un nouveau mec que nous appellerons **M** également au **Gorgon**, partager une cigarette romantique dans un coin. **K**, **I** et **C**, l'air paumés, sortir en titubant d'une limousine à l'arrêt juste avant l'aube, lorsque le chauffeur s'est arrêté pour faire le plein près de Third Avenue Bridge. Heureusement, le chauffeur a été assez sympa pour les ramener chez eux, dans leur monde. **A** remonter la Cinquième Avenue en smoking, plus triste que ne mérite de l'être un mec mignon en dreadlocks.

VOS E-MAILS

Q: Salut gg,
je sais de source sûre que **flow** est gay. La seule raison pour laquelle il traîne avec **S**, c'est pour que tout le monde croie qu'il est hétéro.
snoopy

R: Cher snoopy,
j'ai remarqué au bal Noir et Blanc que son pantalon de smoking lui moulait un peu trop le cul, donc tu as peut-être raison !
GG

Q: Yo GG !
Je suis dans la classe de **M** à Bronxdale et je craque pour lui et sa voiture depuis, quoi, deux ans. C'est trop mignon qu'il tape tout le temps sur son bureau pendant les cours et qu'il conduise cette sublime vieille Porsche orange. Je me demande ce qu'il fout avec **O**. Sérieux, c'est une *Pétasse*. Avec un grand *P*.
Olive

R: Chère Olive,
tu vois ce qui arrive quand on reste les bras croisés et qu'on fait rien ? La pétasse te pique ton petit copain ! Ah, je suis un poète et je le savais même pas ! Non, sérieux, même si tu ne sors jamais avec **M**, tu peux toujours lui demander de t'emmener faire un tour dans sa sublime vieille Porsche.
GG

UN DERNIER MOT SUR LES EXAMS DE MILIEU DE SEMESTRE

Ne vous bourrez pas le crâne ! Je sais que ce sont les dernières notes qui comptent pour la fac mais tout ça, vous le *savez*. Et sinon, c'est trop tard pour apprendre. Prenez un bon bain chaud avec plein de sels de bain Dead Sea, enfilez votre pyjama en soie pourpre Versace préféré, buvez une coupe de champagne Cristal, vernissez vos ongles avec cette nouvelle couleur que vous avez choisie au comptoir Chanel chez Bendel's et allez vous coucher pour être frais et dispos demain matin. Vous vous en sortirez vachement mieux comme ça que si vous veillez toute la nuit à remplir de petites fiches avec des notes débiles que vous ne serez même pas capables de lire le lendemain.

Bonne chance. Je croise les doigts pour vous !

Vous m'adorez, ne dites pas le contraire.

gossip girl

même les petites copines des stars passent leurs examens

Lundi, premier jour de la semaine d'examens de milieu de semestre. Les filles du cours avancé de français de terminale de Constance Billard étaient assises à leurs bureaux dans une salle de classe du troisième étage, vêtues de leurs jupes d'uniformes hypercourtes en laine grise, de leurs pulls col roulé en cachemire noir TSE, de leurs collants noirs Wolford et de leurs mocassins Gucci en daim noir, penchées sur leurs cahiers d'examens vierges qu'elles remplissaient frénétiquement. Olivia se trouvait au premier rang près du surveillant, qui n'était autre que M. Beckam, leur mauvais prof de cinéma, qu'elle méprisait justement car il lui avait collé un C à son dernier contrôle. Celui-ci portait sur les films de Woody Allen et elle avait décrété qu'ils ne parlaient pas au grand public américain car ils ne traitaient que de New York et de ses habitants névrosés. Or, même si M. Beckam venait du Midwest, ce dernier était, dommage pour Olivia, un grand fan de Woody Allen. Il avait qualifié sa copie de « condescendante ». Quel con.

Le début de l'examen consistait en une série de

questions auxquelles les filles devaient répondre en un paragraphe concis et descriptif. La première question était la suivante : « *Qu'aimez-vous faire de votre temps libre** ? »

C'était facile de chez facile. Les doigts dans le nez. Olivia aimait acheter des chaussures exquises, griffées et hors de prix, manger un steak frites, boire de la vodka-tonic avec Serena et fumer comme un pompier. L'été, elle aimait jouer au tennis. Elle aimait embrasser Nate sur son lit avec le DVD de *Diamants sur canapé* en fond sonore mais elle ne le faisait plus. Elle était bien trop occupée à des tas d'autres choses.

La question suivante était : « *Décrivez votre famille** ».

Olivia laissa échapper un soupir exaspéré. Elle parlait presque couramment français et savait donc dire « homosexuel vaniteux », « foldingue débile » et « loser vulgaire en surpoids » – qualificatifs qu'elle comptait bien employer pour décrire son père, sa mère et son beau-père. Mais Mme Rogers, sa professeur de français, avait un gros bâton dans le cul et pas du tout le sens de l'humour : de fait, il était peu probable que la description de son élève l'impressionne. Olivia, grand seigneur, décida donc de décrire son père comme un « homme coquet dont le passe-temps préféré est le même que le mien : acheter des chaussures » ; sa mère comme « une femme blonde facile à vivre qui oublierait son propre nom si personne ne le lui rappelait » et son beau-père comme « un homme jovial au rire tonitruant et aux

* Toutes les expressions suivies d'un astérisque sont en français dans le texte. *(N.d.T.)*

goûts vestimentaires inhabituels ». Décrire son petit frère Tyler, en revanche, était facile : « Il pourrait devenir mignon mais ses meilleurs amis sont sa PlayStation 2 et sa collection de vinyles des années quatre-vingt. » Il restait Aaron. Olivia marqua une pause. Elle l'aimait bien même si, ces derniers temps, il était tout calme et maussade. Sur l'échelle des demi-frères, elle aurait pu tomber sur pire. Elle sourit en son for intérieur et écrivit : « Mon nouveau demi-frère, Aaron, *sauvera probablement le monde.* » Voilà. C'étaient les choses les plus sympas qu'elle n'avait jamais dites sur personne.

La question suivante était : « *Imaginez qu'un djinn apparaisse sur votre épaule pour vous dire qu'il vous accordera un seul souhait. Quel serait votre souhait* ?* »

Olivia tapota son stylo sur son bureau en bois. Quel serait son souhait ? Elle souhaitait entrer à Yale, évidemment. Et elle souhaitait que sa mère et Cyrus restent éternellement en lune de miel pour ne pas devoir vivre avec eux ou les voir tout le temps s'embrasser et se câliner en public. Elle souhaitait que Nate parte en Antarctique pour ne plus jamais tomber sur lui et sa mioche de petite amie. Elle désirait également une paire de bottes en cuir brun clair avec des talons de dix centimètres ; elle n'avait pas encore trouvé la paire de ses rêves. Et une canadienne. Et un chapeau en renard avec des cache-oreilles.

Olivia se fichait bien que son père soit homosexuel mais elle aurait souhaité qu'il trouve un copain à New York au lieu de vivre en France avec lui, comme ça il pourrait l'emmener plus souvent faire du shopping. Et elle souhaitait que Serena soit avec elle en exam de français avancé, comme ça elles pourraient s'échanger des petits mots sur toutes les histoires de tarés qui émaillaient les journaux d'aujourd'hui au sujet de Flow et elle. Elle désirait aussi un peu que Nate et elle soient allés jusqu'au bout quand ils sortaient ensemble, comme ça elle ne serait plus vierge. Et elle regrettait un peu d'être restée aussi tard samedi soir avec Miles, Flow et Serena, car, depuis, elle avait encore la gueule de bois. En plus, Miles l'avait appelée deux fois hier et avait laissé des messages sur son répondeur, même si elle lui avait délibérément donné un faux numéro pour ne plus jamais entendre parler de lui. Non pas qu'elle envisageait ne serait-ce que de le rappeler.

Elle s'était bien marrée samedi soir mais la dernière foutue chose dont elle avait besoin en ce moment, c'était d'un nouveau petit ami.

M. Beckam s'éclaircit bruyamment la gorge ; Olivia leva les yeux de sa feuille d'examen et le fixa attentivement. Il avait des cheveux jaunes, pas blonds mais jaunes, comme la morve d'une personne super-malade. Leurs regards se croisèrent et M. Beckam fit une chose étrange : il rougit.

Excusez-moi * ?*

Olivia détourna les yeux, horrifiée. Ses pieds s'agitèrent nerveusement quand elle lut la question : *Vous avez un désir. Que désirez-vous* * ?*

Elle désirait ardemment que son gros porc dégueu de prof de cinéma libidineux qui, croyait-elle, la détestait, n'ait pas l'air de craquer complètement pour elle. Elle désirait glander sur la plage en ce moment au lieu de se geler le cul dans une salle de cours pas assez chauffée. Elle désirait avoir pris un petit déjeuner car elle crevait de faim. Elle désirait un millier de choses mais n'avait droit qu'à une seule réponse.

Elle parla de son désir d'entrer à Yale même si, pour une élève de terminale, écrire qu'elle avait envie d'entrer à la fac faisait complètement redondant mais, de toute façon, elle préférait se la jouer rasoir plutôt que de révéler des informations personnelles croustillantes à Mme Rogers. Puis elle dessina une bottine à hauts talons dans la marge de son cahier d'examen et leva de nouveau les yeux sur M. Beckam. Il continuait à la mater – ses joues s'étaient teintées d'un rouge dégueulasse tirant sur le violet. Qu'est-ce qu'il foutait donc ? Complotait-il de l'assassiner ou l'imaginait-il en sous-vêtements ? Olivia baissa les yeux, dégoûtée. Elle jeta un œil à sa montre Cartier tank en platine. Encore une putain d'heure à tenir. Question suivante.

Deux étages en dessous d'Olivia, dans l'auditorium de Constance Billard, Serena bossait dur sur son examen d'histoire américaine.

Non. Serena n'était pas vraiment du genre à bosser dur.

Elle avait déjà compté le nombre de pointes fourchues dans sa queue-de-cheval – neuf – et avait répondu à la question sur l'engagement britannique dans la Seconde Guerre mondiale dans une dissertation très courte où elle parlait des pénuries en tout genre en temps de guerre, des Anglaises qui ne devaient plus porter de bas car il n'y avait plus de nylon. À la place, ces femmes intrépides, tenaces et préoccupées par la mode, avaient peint des traits derrière leurs jambes pour faire comme si elles portaient des bas.

Serena soupira. À cette époque, une fille pouvait probablement passer une soirée avec un mec sans retrouver sa photo placardée dans toutes les pages people des journaux le lendemain. Des clichés de Serena et Flow au Gorgon étaient publiés dans le *Post*, l'*Entertainment Weekly*, *People*, *Women's Wear Daily* et d'innombrables sites Web, toutes et tous les qualifiant du « nouveau couple dont on parle ».

C'était tellement ridicule. Elle avait embrassé Flow pour lui dire au revoir aux premières heures du matin devant le Tribeca Star Hotel dimanche, et il était parti prendre un avion privé pour Baja où il tournait d'autres scènes pour le clip de la nouvelle chanson des 45 « Life of Krime » avant de passer Noël ailleurs. Il avait été supermignon avec elle et ils avaient partagé des moments géniaux cette nuit-là mais ils étaient loin d'être un couple. Être en couple signifiait se voir tous les jours. Signifiait être amoureux. Et bien que Flow et elle aient quelque peu eu *envie* l'un de l'autre, ils n'étaient sûrement pas amoureux, en dépit du fait qu'il lui avait déjà envoyé des fleurs.

Trois douzaines de tulipes noires extrêmement rares, pour être précis.

Serena étant habituée à ce que les mecs la couvrent de cadeaux, les fleurs de Flow ne l'avaient pas décontenancée, tant que celui-ci ne se mettait pas à lui envoyer des trucs tous les jours. Parfois un garçon pouvait s'emballer. Prenez Daniel Humphrey par exemple. Il avait suivi Serena partout comme un toutou à son retour du pensionnat à l'automne et lui avait même écrit des poèmes, tellement amoureux et sérieux qu'ils en étaient quelque peu flippants. Serena aimait bien Dan mais il était un peu trop passionné. Heureusement pour elle, il sortait avec Vanessa qui était tout aussi passionnée et ils formaient un beau couple. Mais Serena se fichait bien d'être maquée avec qui que ce soit. Elle chérissait son indépendance, sa liberté de donner libre cours à ses lubies et de faire ce qu'elle voulait. Elle était le genre de fille à agir sur un coup de tête – être en couple lui ferait perdre tous ses moyens.

Elle lut attentivement la question suivante : *Quand les forces armées américaines sont-elles entrées dans la Seconde Guerre mondiale et pourquoi ?*

Une question plus pertinente eût été : *Quand allait-elle se servir de ça ?* La réponse était on ne peut plus claire : *Jamais !* Qui se souciait de ce qui s'était produit dans le passé alors que le futur l'attendait, avec ses surprises fabuleuses et une folie sans précédent à tous les coins de rue ?

Quelqu'un tapota sur son épaule et Serena leva les yeux. C'était M. Hanson, son professeur de latin qui surveillait l'examen d'histoire. Il était grand et mince et avait une moustache toujours de la même longueur, de sorte que les filles de Constance étaient toutes persuadées qu'il s'agissait d'une fausse.

— Quoi ? fit Serena, surprise.

Elle savait qu'elle était dans le coaltar mais elle n'allait quand même pas avoir de problèmes pour être dans cet état en examen, n'est-ce pas ?

— Est-ce que j'ai fait quelque chose de mal ? lui demanda-t-elle.

Puis elle remarqua que M. Hanson souriait derrière sa moustache.

Il lui fourra un exemplaire du *Post* dans la main. Il était ouvert à la page 6, la page des potins de stars où trônait une immense photo de Serena et Flow montant dans un taxi après avoir quitté le Gorgon samedi soir.

— Je suis désolé de vous interrompre mais j'ai remarqué que vous aviez fini. Et je me demandais s'il serait possible que vous demandiez à Flow de signer ça, murmura-t-il. Je suis un grand fan. Et ce serait super si vous le signiez vous aussi.

Serena cilla. Premièrement, elle n'avait jamais imaginé que M. Hanson était assez cool pour savoir, ne serait-ce que qui *était* Flow. Deuxièmement, elle n'avait aucunement l'intention de demander quoi que ce soit à Flow. Et troisièmement, *euh*… elle était loin d'avoir terminé son examen !

— Flow est à Baja, lui répondit-elle dans un murmure. C'est bon si je suis la seule à signer ?

Elle balaya timidement la salle du regard. La plupart des autres filles avaient arrêté d'écrire et les fixaient, elle et M. Hanson, ou papotaient entre elles.

— Il paraît que Flow et Serena sont fiancés, confia Nicki Button à son amie Alicia Edwards. Ils se marient le 31 décembre à Las Vegas. Au Bellagio.

— Le *Post* dit qu'ils se sont rencontrés au bal Noir et Blanc samedi, dit Isabel Coates à Kati Farkas. Mais c'est du pipeau.

— Ils se sont rencontrés en désintoxication l'an dernier, pas vrai ? répliqua Kati. Flow est allé en désintox au moins, je sais pas moi, douze fois. Mais elle aussi.

Serena signa puis rendit le journal à M. Hanson, espérant qu'il ne lui collerait pas de mauvaise note en latin car elle n'avait pas pu lui obtenir d'autographe de Flow.

— Merci, murmura-t-il en examinant sa signature. (Il lui fit un sourire tout excité.) Je suis sûr que ça vaudra de l'or un jour !

— Sûrement, répondit Serena pour lui faire plaisir.

L'effervescence dans la salle était de plus en plus forte.

— Bien, les filles, on se remet au boulot, dit M. Hanson d'un ton sérieux en retournant à son bureau au devant de la salle.

Serena reposa les yeux sur sa copie. *Quand les forces armées américaines sont-elles entrées dans la Seconde Guerre mondiale et pourquoi ?*

Mais avant de pouvoir commencer à répondre à la question, elle fut assaillie par une douzaine de ses camarades de classe, toutes agrippées à des exemplaires du *Post* qu'elles voulaient lui faire signer. M. Hanson était mal placé pour leur demander d'arrêter vu qu'il avait été le premier à commencer.

— Très bien, dit-il, ignorant le regard implorant de Serena. Je vous donnerai à toutes cinq minutes de plus pour finir votre examen. Cinq minutes et je veux que vous retourniez vous asseoir.

— Moi d'abord ! cria Rain Hoffstetter en fourrant son exemplaire du *Post* dans la main de Serena.

— Non, moi ! hurla Laura Salmon en poussant Rain.

Serena gloussa toute seule, hallucinée. Quand elle était revenue du pensionnat voilà deux mois, tout le monde la considérait comme une pestiférée. Et maintenant, ils voulaient tous son autographe ?

Elle hésita, son stylo suspendu dans l'air au-dessus de la photo du *Post* de Laura. Puis elle écrivit de son gribouillage de maboul si caractéristique : « Tu m'adores, ne dis pas le contraire, Serena. »

sex, love & frankenstein

Chacun savait à quel point l'examen d'anglais de terminale de Riverside Prep était long et difficile mais Dan ne se faisait aucun souci. Il avait lu deux fois *Frankenstein* de Mary Shelley et avait appris par cœur la majorité des poèmes de Keats dans son anthologie. De plus, il pouvait écrire une excellente dissertation d'anglais dans son sommeil.

Après avoir décortiqué *Ode à un rossignol* le mieux possible, il ouvrit les dernières pages de son cahier d'examen et s'attela à l'écriture d'un nouveau poème qui, l'espérait-il, deviendrait quelque chose qu'il pourrait envoyer avec sa demande d'inscription universitaire. Dan n'écrivait généralement que des poèmes d'amour hantés par une angoisse existentielle. Celui-ci s'intitulait : « Pour Vanessa ».

Coupures de papier
Rondelles de citron
Eau salée dans mes yeux

Il expérimentait une nouvelle forme de vers libre et se demandait si cela voulait dire quelque chose.

Ton visage
Une noisette

Tu apaises mes coupures
Et huiles mon moteur

Huiles mon moteur ? Non, ça avait une connotation trop sexuelle et il ne tenait pas à donner des idées à Vanessa au cas où il lui montrerait son poème. Ce qu'il voulait dire, c'était qu'elle l'inspirait. Dan contempla sa prose et tenta de trouver une meilleure tournure. Puis il arracha la feuille du cahier et en fit une boulette. Pourquoi n'arrivait-il plus à écrire rien de bon ?

Dan sentait que quelqu'un l'observait et jeta un coup d'œil à sa gauche, où était assis Chuck Bass, l'une des pires têtes de nœud de sa classe. En cinquième, Chuck était l'un des plus petits de l'école. Il portait des lunettes à monture d'écaille et des costumes marron en velours côtelé, et donnait l'impression d'avoir envie d'aller aux toilettes toutes les cinq minutes. Dan et lui étaient en cours d'anglais ensemble en cinquième et leur professeur leur avait demandé d'écrire un poème en classe sur une partie du corps. Chuck était nul en création littéraire et il avait fait passer un mot à Dan l'implorant de rédiger le poème à sa place. Écrire était inné chez Dan et celui-ci écrivit donc la première chose qui lui vint à l'esprit, un poème sur ses mains et sur tout ce qu'elles faisaient pour lui dans une journée. Il avait donné le poème à Chuck puis avait rédigé à la va-vite un autre poème sur sa bouche, loin d'être aussi bon. Chuck avait obtenu un A+ pour le poème sur les mains et une appréciation du professeur qui disait : « *Tu vois ce que tu peux faire quand tu le veux vraiment* ? ☺ » tandis que Dan avait eu un B pour son poème sur la bouche et une appréciation du professeur qui disait : « *Je sais que tu peux mieux faire.* ☹ »

Au début, Dan s'en fichait. Au moins, il avait donné un coup de main à un gosse qui, visiblement, en avait plus que besoin. Mais en un an, Chuck avait grandi de quarante-cinq centimètres, s'était mis à se raser, à porter sa bague rose et son écharpe bleu marine en cachemire monogrammées à ses initiales et était devenu un enfoiré de première, surtout avec les filles. Il avait même tenté de molester Jenny, sa petite sœur, dans les toilettes lors d'une soirée un mois plus tôt. Dan avait clairement montré qu'il ne pouvait pas blairer Chuck mais celui-ci semblait s'en ficher éperdument. De temps à autre, il lui demandait de l'aider en anglais et Dan devait lui dire d'aller se faire mettre, *une fois de plus.*

Pour l'heure, Chuck fixait le cahier d'examen de Dan, tentant de lire sa dissertation sur l'*Ode à un rossignol.* Dan ouvrit le livret à une nouvelle page et écrivit en majuscules noires géantes : « *ET ÇA ? T'ARRIVE À LIRE, CONNARD ? VA TE FAIRE METTRE !* » Chuck scruta le livret de Dan en plissant les yeux puis le regarda et lui fit un doigt.

« *NON, VA TE FAIRE METTRE TOI-MÊME !* » écrivit Dan et il le souligna deux fois.

Avant de passer à la question suivante, Dan relut les vers de *Ode à un rossignol* sur sa copie.

Plongé dans l'obscurité, j'écoute et plus d'une fois
J'ai été presque amoureux de la mort apaisante

Cela constituait un début de poème parfait pour Vanessa. Elle était l'obscurité dans laquelle il était plongé. Et c'était vrai, Dan *était* presque amoureux de la mort, vu qu'il fumait clope sur clope, mangeait à peine et buvait beaucoup, beaucoup trop de café. Grâce à Vanessa, il restait sain d'esprit. Grâce à Vanessa, il restait en vie.

Dan reprit son stylo et réfléchit à une façon plus poétique et plus succincte d'écrire la même chose que Keats, mais différemment. Or, il avait beau faire tout son possible, il ne parvenait pas à trouver une autre façon de dire la même chose qui fût à moitié aussi bonne. Il lut donc la question suivante de son examen.

En cours, nous avons discuté des diverses significations symboliques de Frankenstein, la créature humaine et artificielle de Mary Shelley. Mais que signifie Frankenstein pour vous ?

Dan fixa le panneau « Sortie » rouge étincelant au-dessus de la porte du gymnase et réfléchit. Il avait toujours trouvé Frankenstein effrayant mais aussi très beau, dans son genre. Frankenstein n'avait pas l'intention de faire du mal à qui que ce soit mais c'était plus fort que lui – c'était un monstre. En quelque sorte, il était comme l'amour : horrible et merveilleux, terrifiant et libérateur, palpitant et triste, tout cela à la fois.

Tremblant d'une énergie créatrice, Dan tourna une page vierge au fond de son cahier d'examen et réécrivit « *Pour Vanessa* » en haut d'une page. Puis il griffonna le premier vers : « *Tu es mon Frankenstein.* »

Oh là là !!! Y a quelqu'un qui a *vraiment* envie de connaître la suite ?

Assise au fond de l'auditorium de Constance Billard, Vanessa passait la même épreuve d'histoire que Serena. Elle avait fini son exam quarante-cinq minutes plus tôt et maintenant, tandis que ses stupides camarades de classe fourmillaient autour de Serena comme les abeilles travailleuses autour de leur reine, celle-ci ayant été photographiée le week-end précédent en compagnie de cette pâle incarnation de chanteur mièvre et sans oreille musicale, Vanessa élaborait un itinéraire de tournage dans New York pour le film qu'elle espérait remettre à l'Université de New York avec sa demande d'inscription. Aux chiottes les pages people ! Elle allait tourner un documentaire sur les choses *réelles* qui se passaient en ville, les vrais trucs intéressants qui se produisaient juste sous le nez des gens, trop occupés à lire les potins de stars.

Premièrement, elle voulait se lever avant l'aube et filmer les pêcheurs dans le port qui livraient le poisson au marché au poisson de Fulton. L'odeur lui donnait des haut-le-cœur mais c'était l'une de ces choses parfaites : elle pourrait retracer l'itinéraire d'un poisson du bateau au marché où il serait vendu pour, disons, trente-deux cents la livre à un restaurant du centre-ville où il serait servi recouvert de pistaches avec une garniture de pommes de terre rouges et du beurre de champignons sauvages pour vingt-neuf dollars l'assiette. Une femme anorexique de Park Avenue, deux fois divorcée, en commanderait, n'en mangerait que quelques bouchées et le reste finirait à la poubelle.

C'était précisément le genre d'ironie pour lequel vivait Vanessa : le doux-amer. Elle était une pessimiste et Dan, un romantique, raison pour laquelle, quel que soit l'amour qu'elle éprouvait pour lui, elle ne comprenait pas pourquoi l'idée de baiser l'avait mis dans tous ses états. D'après elle, plus il attendait et plus il faisait prendre des proportions démesurées au sexe, en écrivant des poèmes à ce sujet et n'en dormant pas de la nuit à force de se prendre la tête, il risquait d'aller au-devant de déceptions. Mais elle ne parvenait pas à le lui faire comprendre gentiment, et elle risquait de devoir le ligoter et lui arracher tous ses vêtements. Ce qui ne serait pas une aussi mauvaise idée que ça.

Vanessa sourit intérieurement et se reconcentra sur son essai cinématographique.

Après le marché au poisson, elle voulait passer la journée avec l'un de ces flics à vélo qui faisaient toujours des rondes par deux dans Central Park et qui, manifestement, se fichaient bien de tous ces gamins mineurs qui se défonçaient et picolaient de la bière dans Sheep Meadow. Ce qu'elle voulait savoir, c'était s'ils avaient déjà arrêté quelqu'un ou s'ils essayaient juste de se faire les muscles des jambes à bicyclette ? En fait, le service de police ne la laisserait sûrement pas filmer les flics à vélo sans autorisation mais c'était une bonne idée, en tout cas.

Enfin, elle voulait traîner avec un vendeur de hot dogs. Voir sa maison, sa famille, son chien. Savoir s'il comptait des habitués parmi ses clients. Savoir si, peut-être, en attendant que l'on vienne lui acheter ses hot dogs, il lisait un livre très stimulant, genre *l'Arc-en-ciel de la gravité* de Thomas Pynchon et rêvait d'avoir un jour des hommes sous ses ordres. Ou si vendre des hot dogs et en manger gratuitement toute la journée suffisait à le combler.

Un mouvement au premier rang de la salle attira l'attention de Vanessa. Les moutons de Panurge de Constance Billard se dispersaient en s'éloignant de la chaise de Serena.

— Merci, les filles. Et merci, Serena, lança M. Hanson. Dix minutes de plus.

Vanessa observa Serena se remettre à couper ses pointes fourchues avec ferveur.

Serena et Dan étaient censés jouer tous les deux dans *Guerre et Paix*, le film de Vanessa en octobre dernier. Mais Dan s'étant comporté comme un idiot vis-à-vis de Serena, Vanessa n'avait pas pu le supporter et avait demandé à une fille nulle à chier de jouer le premier rôle féminin à sa place. Serena avait craqué pour Dan elle aussi mais pas plus de cinq secondes. Et avant que celle-ci ne puisse faire plus de dégâts, Vanessa avait déboulé comme un ouragan avec son crâne rasé, son col roulé noir et ses écrase-merde pour guérir le cœur brisé de Dan.

La jeune fille décroisa les jambes puis les recroisa. L'idée d'avoir pansé les blessures du cœur brisé de Dan lui donna encore plus envie de coucher avec lui. Elle poussa un soupir d'impatience. Pendant les vacances, ils passeraient beaucoup de temps ensemble tous les deux, et seraient très peu surveillés par les adultes. Qu'il soit prêt ou non, ce n'était qu'une question de temps avant qu'ils le fassent.

Vous voyez ? Malgré son côté dure à cuire et son mépris pour presque toute la race humaine, elle n'était qu'une autre ado curieuse de dix-sept ans. Nous sommes toutes les mêmes.

n ne parvient pas à s'ôter le cul de **o** *de la tête*

Nate déjeunait à Jackson Hole en compagnie d'Anthony Avuldsen, Charlie Dern et Jeremy Scott Tompkinson pendant la pause d'une heure qui séparait leurs examens de maths de ceux de chimie. L'épreuve de maths avait été une galère totale et ils se goinfraient de hamburgers, de frites et de Coca pour tenir le coup en chimie, exam qui se passerait probablement encore plus mal. Nate songeait que le restaurant devrait investir dans des ventilateurs au plafond pour se débarrasser de l'odeur tenace de pet à l'oignon frit qui planait dans l'air. Il pensait aussi à Jennifer et Olivia, dans son style général et par-dessus la jambe avec lequel il avait tendance à penser à presque tout.

Il n'avait pas eu de nouvelles de Jennifer depuis samedi soir, ce qui était quelque peu étrange dans la mesure où elle avait l'habitude de lui envoyer de petits textos sibyllins sur son téléphone portable ou de doux petits e-mails à son adresse électronique de St. Jude's. Peut-être était-elle simplement occupée à réviser ses examens de milieu de semestre.

Nate repoussa son assiette de côté et sortit son téléphone Nokia de sa poche. Ça ne lui ferait pas de mal de lui envoyer un texto, histoire qu'elle garde le moral pendant les exams.

Waouh, comme c'est mignon !

« jcroize lé doi ! écrivit-il. 7 aprem jtemèn HT ton kdo 2 noel. biz. N. »

Jeremy étira ses bras maigrelets au-dessus de sa tête et roula la tête pour se dénouer le cou.

— Hé, à qui t'envoies un texto, mec ?

Il était petit, empoté et tellement maigre que ses pantalons descendaient tout le temps sur ses hanches mais il compensait tout ça avec sa coupe de cheveux branchée de rock-star anglaise et son élocution de raide défoncé.

Nate haussa les épaules.

— Pas tes affaires.

Anthony fourra dans sa bouche une poignée de frites froides trempées dans du ketchup. Il pratiquait quasiment tous les sports à St. Jude's et pouvait donc manger des frites tous les jours et avoir malgré tout l'air en pleine forme.

— Hé, j'ai remarqué qu'Olivia était carrément bandante samedi soir, dit-il.

Nate opina tandis que l'image du cul d'Olivia musclé par le tennis dans sa petite robe noire moulante apparaissait dans sa tête. Oui, elle *était* sublime.

— 'sûr, elle a pas autant de monde au balcon que Jennifer, ajouta Anthony.

Voilà un moment que les garçons avaient cessé de vanner Nate car il sortait avec une gamine de troisième mais, de temps à autre, ils faisaient des allusions à l'énorme poitrine de Jenny. C'était difficile de faire autrement, à vrai dire.

Nate sourit. Puis il fronça les sourcils, tentant de

se souvenir comment était Jennifer samedi soir mais tout ce qui lui vint à l'esprit, c'était une masse de boucles châtaines, son extraordinaire décolleté et son sourire timide.

Il but quelques gorgées de Coca, plissa ses magnifiques yeux verts et se creusa sérieusement les méninges.

Fait *extrêmement rare* chez lui, en effet.

C'était bizarre mais Nate n'avait jamais pris le temps de comparer les deux filles. Il aimait sincèrement Jennifer – elle était beaucoup moins exigeante qu'Olivia et le laissait à ses pensées alors qu'Olivia voulait toujours savoir à quoi il songeait ou où il allait et avec qui. Jenny ne lui mettait jamais la pression comme l'avait fait Olivia, genre l'obliger à faire une demande d'inscription à Yale pour qu'ils puissent vivre ensemble dans un appartement en dehors du campus ou lui faire des cadeaux hors de prix pour qu'il se sente obligé de lui rendre la pareille et de lui acheter quelque chose. Et Jenny avait des seins incroyables alors que ceux d'Oliva étaient, euh…, *présents*. Jolis mais pas de quoi casser des briques.

En dépit des défauts d'Olivia, il avait toutefois toujours eu le sentiment qu'ils se *connaissaient* par cœur – après tout, ils avaient grandi ensemble. Et pendant tout le temps où ils étaient sortis ensemble, il avait eu l'impression qu'ils allaient quelque part. Il y avait une destination, comme la punaise rouge qu'il accrochait à ses cartes nautiques quand il prenait la mer pour un port quelconque. La destination était, en partie, le sexe – ils avaient tout fait sauf ça et c'était donc la prochaine étape évidente. Mais c'était aussi autre chose de moins spécifique. Leurs vies avançaient au même rythme, séparément mais ensemble, comme les flotteurs d'un Hobie Cat. Ils avaient tous les deux dix-sept ans. Ils passeraient tous les deux leur bac en juin. Ils entreraient tous les deux à l'université l'an prochain.

Jennifer et lui suivaient des chemins diamétralement opposés et, malheureusement, le sexe ne se profilait même pas à l'horizon. Elle n'avait que quatorze ans. L'an prochain et pendant deux ans, elle enfilerait son uniforme et se rendrait tous les jours à Constance Billard pendant qu'il serait à la fac en train de faire Dieu sait quoi. La différence d'âge rebuterait beaucoup de garçons mais Nate trouvait cela quelque peu rassurant. Tandis qu'il naviguerait dans les eaux troubles de l'avenir, Jenny serait bien sagement arrimée chez elle. Il pourrait lui envoyer des textos ou l'appeler ou revenir la voir et rien n'aurait changé.

D'un coup de fourchette, Charlie attrapa les petits oignons qu'il n'avait pas mangés et les balança dans l'assiette de Nate comme du poisson mort.

— T'as l'air de planer grave ! Tu crois que tu pourras tenir jusqu'en chimie ?

Nate leva les yeux et serra le petit sachet plastique de hasch dans sa poche. Il jeta un œil à sa montre.

— Et si on s'en fumait un rapide avant de rentrer ?

Les trois autres hochèrent la tête avec enthousiasme. Nate sourit et se leva. Il avait l'impression d'avoir résolu quelque chose dans sa tête mais il ne savait pas quoi au juste.

— Allons-y, dit-il. On va s'en fumer un.

et si les garçons étaient comme les vêtements ?

Pendant que les élèves de terminale et de première de Constance Billard planchaient sur leur deuxième examen, Jenny était en cours d'hygiène, discutant d'amour, de shampooing, de sexe et de la physionomie des garçons, entre autres choses.

Onze jeunes élèves de troisième étaient assises en cercle par terre, auprès d'une fenêtre ensoleillée dans le coin cosy d'une salle qui avait spécialement été aménagée par l'école pour les cours intimes de troisième tels que l'hygiène. Un tapis pelucheux rouge vif jonchait le sol, à la place du vert dégueulis institutionnel qui recouvrait le reste de l'école. Les murs étaient peints en bleu vif agréable et bordés d'un liseré blanc impeccable. Il y avait un petit tableau noir sur pied et une flopée de craies de couleur avec lesquelles le professeur dessinait des schémas, permettant aux filles de détendre leur corps et de parler de ce qui leur tenait vraiment à cœur.

Le cours était dispensé par Mme Doherty, la nouvelle prof de danse hippy New Age ; elle avait vingt-cinq ans et un corps sublime, musclé par le yoga, de longs cheveux auburn et un visage pâle jamais maquillé. C'était la seule prof du département de gym qui n'était pas complètement hommasse et les filles auraient adoré son genre ouvert et facile à vivre si elle n'avait pas la fâcheuse tendance à parler des parties du corps les plus embarrassantes comme si elle parlait du chien de la famille. Mme Doherty permettait aux filles de choisir les sujets de discussion : de fait, elles passaient le plus gros du cours à parler des *garçons*.

— Franchement, je comprends pas comment on est censées rencontrer des personnes du sexe opposé en passant quatre-vingt-dix pour cent de notre temps dans un environnement exclusivement féminin, se plaignit Kim Swanson.

Elle passa délicatement ses mains dans ses cheveux blonds au brushing impeccable qu'elle faisait balayer tous les mois au salon John Barrett depuis le CM1.

Jenny était assise à côté de Kim, émerveillée car *tout* était parfait chez elle. Ses ongles soigneusement manucurés, son hâle beige doré d'institut de beauté, son mascara Chanel, son ombre à paupières et son brillant à lèvres subtilement appliqués, ses diamants Cartier aux oreilles et son T-shirt blanc Agnès b, ample et impeccable. Si Kim consacrait moins d'heures à se pomponner, peut-être aurait-elle davantage de temps libre pour rencontrer des garçons.

Mme Doherty la gratifia de son sourire serein et bienveillant.

— Je sais que c'est difficile, Kim, dit-elle avec compassion. Tout ce que je peux vous suggérer, c'est de participer à des activités interscolaires mixtes comme le théâtre ou la chorale. Et si vos copines ont des amis garçons, alors ne soyez pas timides – demandez-leur de vous les présenter !

— Madame Doherty, croyez-vous que l'on doit être amoureuse pour sortir avec un garçon ? demanda Jessica Soames.

Jessica était le sosie de Blanche-Neige, avec d'épais cheveux noirs, des lèvres rouges pulpeuses et des yeux gris aux longs cils mais elle n'était assurément pas aussi *pure* ni blanche que la neige en question. Jessica avait eu ses règles en CM1 et, selon la rumeur, elle avait perdu sa virginité en sixième. À la base, *elle* avait la plus grosse poitrine de sa classe mais l'an passé, celle de Jenny l'avait rattrapée et dépassée, de loin.

Mme Doherty replaça une mèche auburn derrière son oreille et lissa ses sourcils auburn fins et clairsemés, s'efforçant visiblement de répondre avec tact à la question tout en faisant dévier le sujet. Mais avant qu'elle ne pût dire quoi que ce soit, la petite Jenny Humphrey fit d'une voix flûtée :

— Oui, tout à fait. Je veux dire qu'il vous faudra peut-être du temps pour vous rendre compte à tous les deux que vous êtes amoureux mais si vous ne l'êtes pas, je pense qu'il vaut mieux rompre.

Toute la classe, la prof y compris, la dévisagea. Mme Doherty, parce que Jenny Humphrey ne prenait jamais la parole dans son cours, et elle n'imaginait pas que celle-ci pût avoir des idées aussi arrêtées. Et les filles, parce qu'elles savaient toutes que Jenny avait réussi à piquer Nate Archibald à Olivia Waldorf, ce qui était carrément hallucinant, et qu'elles ne voyaient pas comment elle avait pu le faire, sans avoir au minimum accepté de coucher avec lui. Jenny Humphrey était-elle en son for intérieur une plus belle salope que Jessica Soames ? Et était-elle en train de le reconnaître ?

Constatant que tout le monde la regardait, Jenny rougit.

— Enfin, je ne crois pas que vous devriez casser si vous ne vous êtes pas encore dit « je t'aime » parce que vous aimez peut-être sortir ensemble et tout et tout et que vous attendez juste le bon moment pour vous le dire.

Mme Doherty hocha la tête et sourit de son sourire dépourvu de rouge à lèvres. L'amour était l'un de ses sujets préférés.

— La première fois que vous tombez amoureuse, vous en rendre compte est parfois difficile. Certaines personnes croient même avoir la grippe !

Quelques filles furent prises d'un fou rire et Jenny sourit intérieurement. Elle comprenait ce que voulait dire sa prof. Parfois, elle avait la tête qui tournait et se sentait si faible quand elle était avec Nate qu'elle aurait aisément pu attraper la pneumonie ou une autre maladie du genre.

Mme Doherty poursuivit :

— Mais je ne crois pas que vous deviez nécessairement être amoureuses pour sortir avec un garçon. Vous n'avez que quatorze ans. Ce n'est pas comme si vous alliez épouser ce type, non ? Vous apprenez tout simplement comment vous comporter avec autrui. C'est comme essayer des vêtements. Vous devez essayer des tas de tailles et de styles différents pour savoir ce qui vous va le mieux.

Jenny fronça les sourcils. Elle ne voulait pas essayer des tas de tailles et de styles différents. Elle ne voulait que Nate.

— Attendez, est-ce qu'on parle de *coucher* avec un garçon dont on n'est pas amoureuse ou juste, je sais pas moi, de *sortir* avec lui ? demanda Alicia Armstrong, rusée. (Elle fit tourner et tourner son brassard de cuir rose autour de son poignet.) Pac'que j'sais pas moi, mais je crois vraiment que vous devez être amoureuse pour coucher avec un garçon.

— Oui, c'est clair, acquiesça rapidement Jenny, avant de s'empourprer de nouveau.

Les autres élèves la dévisagèrent encore. Reconnaissait-elle qu'elle couchait avec Nate Archibald ou le niait-elle ?

Jenny ne pensait pas au sexe le moins du monde mais elle comprenait maintenant que c'était cela que Jessica avait en tête quand elle parlait de « sortir » avec un garçon. Elle tira un fil du tapis rouge. Pour elle, le sexe n'était pas du tout à l'ordre du jour. C'était l'amour. Combien de temps devrait-elle attendre avant de dire à Nate qu'elle l'aimait ? Ou devrait-elle attendre qu'il le lui dise ?

Elle leva de nouveau la main mais Azaria Muniz la devança :

— Madame Doherty, est-ce vrai que l'on doit alterner différents shampooings quand on se lave les cheveux pour éviter qu'ils regraissent trop vite ?

Azaria avait des cheveux ondulés couleur miel qui lui arrivaient aux fesses et son casier était rempli de produits capillaires.

Mme Doherty regarda Azaria d'un air interdit.

— Je ne suis pas une référence en la matière mais je pense que tant que vous utilisez un bon produit à base d'ingrédients naturels qui ne laisse pas de dépôts, vous pouvez utiliser tout le temps le même shampooing. (Elle sourit et se tourna vers Jenny, pressée de revenir sur le sujet de l'amour.) Oui, Jenny ? Tu as levé la main ?

Jenny regarda le plafond, choisissant ses mots avec soin. Mais avant qu'elle ne puisse commencer, Jessica l'interrompit grossièrement :

— C'est vrai que toutes les sensations se trouvent au bout du pénis ? demanda-t-elle, ses sourcils noirs froncés d'un air sérieux, comme si elle s'interrogeait sur la découverte de l'atome.

Toute la classe partit d'un fou rire. Jessica posait toujours les questions les plus extravagantes mais elles étaient toutes secrètement ravies qu'elle s'en charge.

— Jessica, n'interromps pas tes camarades, s'il te plaît, lui dit Mme Doherty d'un ton égal. En bref, la réponse à ta question est oui ; le bout du pénis est très sensible mais la sensibilité varie d'un pénis à l'autre. (Elle se retourna vers Jenny.) Jenny, tu disais ?

Jenny s'étrangla de rire et ses joues rosirent. *Pénis, pénis, pénis !* Ce mot l'avait toujours fait mourir de rire.

— Oui ? la pressa Mme Doherty.

Jenny flanqua une main à sa bouche.

— Oh, rien.

Jessica plissa les yeux.

— Qu'est-ce qu'il y a de si drôle, Jenny ? C'est la partie la plus sensible de Nate ? Le bout ?

Jenny cessa de sourire et croisa ses bras sur sa poitrine. Tout son corps s'empourpra d'un rouge foncé flamboyant.

— Souviens-toi, Jessica, ne jamais donner de noms,

l'avertit Mme Doherty. (Elle remit ses jambes en position du lotus et s'éclaircit la gorge.) Je tiens à vous rappeler, les filles, que nos discussions sont toutes confidentielles. Rien de ce qui est dit ici ne doit être répété en dehors du groupe.

Mais ouais, bien sûr. Alors comment ça se faisait que toute l'école savait qu'Alicia Armstrong ne mettait pas de tampons parce que ses parents croyaient que si elle le faisait, elle ne serait plus vierge ?

Jenny n'était pas idiote. Elle savait que, quoi qu'elle dise, ce serait répété, c'est pourquoi elle décida qu'il était plus sûr de se taire plutôt que de dire quelque chose qui risquerait d'être mal interprété.

— Je me rappelle la première fois que j'ai vu un pénis pour de vrai, sortit Jessica, faisant partir ses camarades dans une nouvelle crise de rire. Ça m'a tellement fait flipper !

Mme Doherty la gratifia de son sourire zen. Pas même Jessica Soames ne réussirait à la mettre en colère.

— Souviens-toi, dit-elle. Ici on pose des questions…

— Je ne comprends pas toute cette histoire d'érection. Comment ça se produit, au juste ? demanda Kim Swanson.

— C'est vrai que les garçons ont toujours leur première érection le matin au réveil ? intervint Roni Chang.

Mme Doherty soupira. Elle commença à répondre à toutes leurs questions avec tact mais Jenny fit la sourde oreille, préférant en rester au sujet de l'amour.

Si les mecs étaient comme les fringues, comme l'avait prétendu Mme Doherty, alors Nate était comme le premier jean Diesel qu'elle avait acheté et ne portait que lors d'occasions exceptionnelles parce qu'il était si beau qu'elle n'avait pas envie de le salir. Mais plus elle le portait et plus elle le lavait et mieux il lui allait, jusqu'à ce qu'elle ne parvienne plus à s'en passer – il lui allait comme un gant. Et si elle savait si fort ce qu'elle ressentait pour lui, alors où était le mal à le lui avouer ?

une réponse extraordinaire à une question ordinaire

Olivia avait rendu un premier jet de sa dissertation pour Yale un peu plus tôt ce matin-là et lorsque les examens de français et de maths avancés furent enfin terminés, elle passa dans le bureau de Mme Glos, la conseillère pédagogique de Constance Billard, pour savoir si elle l'avait déjà lu.

Celle-ci triait des dossiers, ses jambes minces d'une longueur surprenante sagement croisées.

— Oh, bonjour Olivia. Vous ne voulez pas vous asseoir ?

La jeune fille plissa les yeux et jeta un regard critique aux ignobles chaussures orthopédiques marron de Mme Glos. Quel gâchis d'avoir de si belles jambes à son âge et aucun goût en matière de chaussures ! Elle s'assit à son bureau dans la chaise de bois dur en face d'elle.

— J'ai lu votre dissertation, fit la conseillère pédagogique.

Elle fouilla parmi le tas de dossiers sur sa table jusqu'à ce qu'elle trouve celui qui portait le nom de Waldorf. Puis elle pinça ses lèvres fines et tapota son nez avec un mouchoir. Mme Glos saignait constamment du nez et tout le monde croyait qu'elle avait une rare maladie contagieuse. Toutes les filles avaient peur de toucher les prospectus qu'elle leur donnait.

Olivia arqua ses sourcils foncés extrêmement bien épilés.

— Et ?

Mme Glos leva les yeux. Ses cheveux châtains ternes bouclaient en bas, grignotant son menton. Ils étaient tout le temps coiffés exactement pareils chaque fois qu'Olivia la voyait et, pour elle, c'était clair : elle portait une perruque.

— Je pense que vous feriez mieux de réessayer si vous avez sérieusement l'intention d'entrer à Yale.

Olivia mit un moment avant de comprendre ce que la conseillère pédagogique venait de lui dire.

— Mais...

Mme Glos ouvrit le dossier de la jeune fille et tapota d'un affreux ongle long et jaune les pages agrafées à l'intérieur.

— C'est une dissertation parfaitement convenable sur la vie d'Audrey Hepburn, expliqua-t-elle, mais qui ne dit rien sur *vous*. Vous devez montrer que vous savez écrire, que vous pensez de façon créative, et que vous savez donner une réponse extraordinaire à une question ordinaire.

Elle rendit sa dissertation à Olivia.

Celle-ci tint les six pages agrafées entre son pouce et son index ; ses tempes palpitaient. Elle mourait d'envie de dire à Mme Glos d'aller se faire foutre et de s'acheter une nouvelle perruque tant qu'elle y était, mais elle savait que celle-ci excellait dans son boulot et que si quelqu'un pouvait l'aider à entrer à Yale, c'était bien elle.

— D'accord, dit-elle laconiquement. Je vais réessayer.

— Très bien. Tâchez d'être moins prosaïque. *Montrez*-leur combien vous admirez les films d'Audrey Hepburn au lieu de le leur *dire*.

Olivia hocha la tête et se leva. Elle défroissa sa jupe, s'efforça de garder son sang-froid face à un affront aussi outrancier, se comportant exactement comme Audrey se serait comportée, imaginait-elle.

— Passez un joyeux Noël, ajouta-t-elle poliment.

Mme Glos tapota de nouveau son nez avec son mouchoir et lui sourit.

— Joyeux Noël, Olivia.

La jeune fille ferma la porte du bureau derrière elle et, dans un soupir irrité, jeta sa dissertation contaminée par la maladie dans la corbeille à papier en métal du couloir. Tant pis pour le bon temps sur la plage de St. Bart. Serena devrait se débrouiller toute seule car Olivia allait devoir passer toutes ses putains de vacances enfermée à réécrire sa dissertation pour Yale. Elle avait envie d'écrire : « *Laissez-moi juste entrer, bordel !* » sur un morceau de papier et de l'envoyer au bureau des inscriptions mais vu qu'elle avait raconté sa vie au type qui lui avait fait passer l'entretien puis qu'elle l'avait embrassé, ce n'était probablement pas une super idée.

Elle gravit l'escalier jusqu'au quatrième étage pour récupérer son manteau Marc Jacobs bleu ciel dans son casier et tomba sur Kati Farkas et Isabel Coates qui redescendaient.

— Comment s'est passé ton exam de français ? lui demanda Kati.

Il avait plu ce matin quand elle s'était rendue en

cours à pied et ses cheveux blond vénitien frisottaient dans tous les sens.

Olivia trouva que Kati ressemblait à un caniche frappé par la foudre. Elle haussa les épaules.

— Débile.

Elle dégagea impatiemment ses cheveux de son visage ; elle en avait tellement ras le bol de parler de bac, d'école et d'examens de cours avancés qu'elle croyait qu'elle allait dégobiller.

Isabel rentra ses cheveux dans sa courte queue-de-cheval brune et releva le menton. Olivia se la jouait tellement « je suis au-dessus de vous » quand elle parlait des exams que ça en devenait gonflant.

— Je sais que ça a l'air un peu stupide mais je suis allée au cours de rattrapage d'histoire de M. Noble hier et ça m'a franchement aidée. Je veux dire que j'ai trouvé l'examen relativement facile.

« *Et toi tu es* relativement *gonflante* », songea Olivia. Le père d'Isabel était un acteur T.V. qui faisait principalement du doublage et avait un faux accent britannique. Isabel avait tendance à l'imiter, raison pour laquelle elle disait des choses du genre « relativement facile » au lieu de « carrément débile », ce qui la faisait passer pour, euh, carrément débile.

Kati opina du chef.

— C'était court aussi. Mais vous avez vu Serena ? Elle n'a même pas fini. Elle était encore assise à, je sais pas moi, contempler ses cheveux quand on est parties.

Naturellement, elle omit de raconter que Serena avait signé des autographes. En aucune façon elle n'avouerait à Olivia qu'elle-même lui en avait demandé un.

— Je suis sûre qu'elle a réussi, dit loyalement Olivia.

Serena ne révisait jamais et n'assistait à aucun cours avancé mais elle parvenait toujours à s'en tirer de justesse en participant en classe ou en rendant des copies presque convenables. Elle était intelligente – comme toutes les filles de Constance – mais ses professeurs se plaignaient qu'elle ne donnait pas son maximum depuis qu'elle était en CE1. Au fond d'elle, ça plaisait bien à Olivia que son amie soit aussi peu branchée études. Ce serait parfaitement impossible d'être copine avec elle si elle était aussi belle *et* obtenait *en plus* des A dans toutes les matières.

— Alors qu'est-ce qui s'est passé entre toi et ce Miles ? s'enquit Isabel.

Elles n'étaient pas croyables, ces deux-là ! La dernière fois qu'elle avait vu Kati et Isabel, elles étaient ivres mortes sur la banquette arrière de la limousine et Olivia les avait carrément laissées en plan. Et voilà qu'elles se comportaient comme si elles voulaient redevenir ses meilleures amies. Mais Olivia n'avait aucune envie de papoter avec elles sur un type qu'elle ne reverrait probablement plus jamais pour qu'elles répandent des potins sur elle dans toute l'école.

— Rien, vraiment, répondit-elle d'un ton nonchalant.

— Ooooh, gazouilla Isabel. On joue ses *cachottières* ? Donc ça veut dire qu'il s'est passé *quelque chose.*

Olivia roula des yeux.

— N'importe quoi.

— Alors, qu'est-ce que Mme Glos a dit de ta dissert pour Yale ? demanda bruyamment Kati.

C'était le problème des petites écoles de filles :

tout le monde savait tout sur tout le monde. Ça rendait Olivia *folle*.

— Elle a aimé, mentit-elle. (Elle se remit à gravir l'escalier, sa petite bague de rubis cliquetant bruyamment sur la rampe en métal.) À plus, les filles ! Faut que j'aille réviser mon anglais.

— Attends ! cria Isabel.

Olivia se retourna et attendit.

— Quoi ?

— C'est vrai que Serena et Flow sont fiancés ?

Olivia eut du mal à réprimer un fou rire. Elle savait qu'elle devrait leur dire la vérité mais leur mentir serait tellement plus drôle.

— Ouais, dit-elle en secouant la tête dans un sourire incrédule. C'est fou, non ?

Les deux filles se coulèrent un regard furtif, de toute évidence aux anges que ce potin révolutionnaire vienne d'être confirmé par une source extrêmement fiable.

— Alors elle part quand même à St. Bart avec toi ? demanda Kati.

Olivia hocha la tête et fit tourner son rubis autour de son auriculaire.

— On va organiser le mariage quand on sera là-bas.

— Oh, ça sera formidable ! lança Isabel avec son détestable accent anglais. (Elle jeta un œil à Kati puis de nouveau à Olivia.) Tu crois qu'elle nous demandera d'être demoiselles d'honneur ?

Olivia tourna les talons et monta les marches avec une parfaite aisance, comme Audrey dans son sublime déshabillé Givenchy dans la scène du défilé de mode de *Drôle de frimousse*.

— Peut-être, cria-t-elle. À condition que vous soyez très, très gentilles avec elle.

Ce n'était pas parce qu'elle devrait passer toutes les vacances à réécrire sa dissertation pour Yale qu'elle n'avait pas le droit de s'amuser un peu.

Avertissement : tous les noms de lieux, personnes et événements ont été modifiés ou abrégés afin de protéger les innocents. En l'occurrence, moi.

salut à tous !

Ça y est, les exams, c'est terminé ! Maintenant, il est temps de faire des folies !

UNE LISTE DE NOËL

1 chapeau Fendi en fourrure de renard, même si je l'oublierai probablement dans un taxi un soir, tard.
1 petit sac de soirée Coach en daim frangé, idéal quand on sort juste avec ses clés, ses cartes de crédit et son brillant à lèvres. De quoi d'autre aurions-nous besoin, d'ailleurs ?
1 année de rendez-vous gratuits à l'Elizabeth Arden Red Door Salon, pour des soins complets du visage, une épilation des sourcils et du maillot, des soins exfoliants aux algues, des coupes de cheveux et des mèches.
1 paire de bottes en cuir brun clair. 1 paire de bottes en daim marron foncé. 1 paire de bottes noires arrivant au genou. Toutes de chez Stéphane Kélian, et toutes avec des talons de dix centimètres. C'est le top du top d'avoir trop de paires de bottes.
1 canadienne Fendi.
1 énorme boîte de truffes au chocolat noir Godiva – ma faiblesse. Enfin, *une* de mes faiblesses.

1 peignoir de bain TSE en cachemire blanc et des mules en cachemire assorties.
Tous les classiques de Hitchcock en DVD.
Être acceptée dans toutes les facs où j'ai postulé.
Un réveillon de Saint-Sylvestre exceptionnel !

ON A VU

O sortir tous les livres publiés sur Audrey Hepburn d'une bibliothèque au cœur de Manhattan. **A** et son ami **M** promener le boxer de **A** (c'est un chien, pas un boxeur professionnel !), passer devant l'École de filles de **Constance Billard** et regarder par les fenêtres octogonales du premier étage – à la recherche de qui, on se le demande ? **S** offrir à son portier un aquarium plein de bébés barracudas. **Flow** ne commencerait-il pas à dépasser les limites avec ses cadeaux quotidiens ? **N** se défoncer avec ses potes à **Sheep Meadow**. **J**, confectionner à **N** en cours de dessin une fabuleuse carte de Noël qui brille de partout. **D** balancer un de ses précieux petits carnets noirs dans une poubelle à Broadway. La panne de l'écrivain, c'est trop la merde, non ? **V** harceler un pauvre vendeur de hot dogs innocent à **Washington Square Park**. **K** et **I** se battre pour un chapeau en renard chez **Intermix**.

VOS E-MAILS

Q: Chère « Gossip Girl »,
depuis que t'as commencé ta page web, j'essaie de deviner qui t'es. Tu parlerais pas autant de la fac si t'étais pas en terminale. J'suis qu'en première mais j'traîne avec tous les terminales cool. Donc t'es peut-être pas aussi cool que tu le crois. J'continue à

m'dire que t'es un prof de gym pervers ou autre chose du genre.
jdwack

R: Très cher(e) jdwack,
arrête d'essayer de deviner qui je suis parce que je ne te le dirai pas. Mais je te fais une promesse : je ne souhaiterai pour rien au monde que l'on me voie en short kaki avec un sifflet autour du cou.
GG

Q: Salut GG,
alors, qu'est-ce que tu penses de la grosse rumeur qui court : que **S** et **Flow** sont fiancés ? Elle se la joue tout le temps hypermystérieuse comme si elle détenait un gros secret, c'est pour ça que c'est pas facile de savoir.
fantôme

R: Cher(e) fantôme,
je comprends ce que tu veux dire : **S** est affreusement discrète au sujet de **Flow** si la rumeur est avérée. Mais soyons réalistes, tout de même. Elle n'a que dix-sept ans. Même s'ils sont fiancés, je doute que le mariage soit au programme.
GG

Q: Salut GossipG,
je ne sais pas si **O** est au courant mais j'ai entendu dire que le type qu'elle a pas arrêté de tripoter samedi soir – le copain batteur de son demi-frère – va à St. Bart pour les vacances lui aussi.
délateur

R: Cher délateur,

zut alors ! je sens que **O** n'est pas au bout de ses surprises… ni de ses déceptions !

GG

ET ENFIN…

Ouh, ouh ??? Ça sert à quoi d'aller en cours après les examens de mi-semestre si nos notes comptent pour du beurre ? Ils devraient simplement nous laisser choisir un seul cours, genre aller déjeuner, en permanence ou en cours de théâtre pendant tout le dernier trimestre. Enfin, c'est pas comme si on n'avait pas mérité nos vacances !

Vous m'adorez, ne dites pas le contraire.

gossip girl

quand barneys forge le caractère

Le jeudi précédant Noël, Constance libéra enfin ses filles pour douze voluptueux jours de vacances. Après l'école, Jenny retrouva Nate devant Barneys. Elle portait un pull col boule bleu clair, une parka noire au col en fausse fourrure, son uniforme d'école gris ultracourt, un petit chapeau de mohair rouge duquel dépassaient ses boucles brunes et des gants de mohair rouge assortis. Elle était adorable et, à la minute où Nate la vit, il prit sa main gantée et embrassa sa paume. Il venait de se procurer un énorme surplus d'herbe « spécial Noël » auprès de son dealer de la pizzeria à l'angle de la 80e et de Madison et il était d'excellente humeur.

— Tu m'as manqué, dit-il, ses yeux vert émeraude étincelant dans la pénombre hivernale.

Le cœur de Jenny se fit immédiatement tout guimauve.

— Toi aussi, répondit-elle. (Ses joues se teintèrent d'un rose délicat. Elle sortit la carte de Noël qu'elle lui avait confectionnée de la poche de sa parka.) Tiens.

Nate déchira d'un coup l'enveloppe faite à la main. Il contempla le dessin qu'elle avait réalisé dans des couleurs anthracite, à l'aquarelle et au feutre or, s'efforçant de deviner ce qu'il représentait au juste.

— C'est un bonhomme de neige qui étreint un renne, lui expliqua-t-elle. J'ai essayé de mélanger les styles de Matisse et de Picasso mais je sais pas trop ce que ça donne.

Nate ne connaissait rien à Matisse ni à Picasso. Il ouvrit la carte. « *JOYEUX NOËL, NATE !* » était écrit en majuscules dorées et scintillantes. « *Affectueusement, Jennifer* ». Nate sourit et fourra la carte dans la poche de son manteau.

— Merci.

Jenny glissa son bras sous le sien et l'entraîna dans le magasin.

— Alors, qu'est-ce que tu veux pour Noël ? Je t'achète ton cadeau en premier.

Elle avait encore emprunté cinquante dollars à son père, ce qui n'était rien vu tout l'argent qu'elle lui devait déjà. Jenny avait claqué plus de fric depuis qu'elle sortait avec Nate qu'elle n'en avait dépensé de toute sa vie.

Comme vous le confirmerait n'importe quelle fille, être belle revient très cher mais qu'est-ce que ça vaut le *coût* !

Au rayon hommes, Nate lui tendit une paire de chaussettes en mérinos gris.

— Qu'est-ce que tu en penses ?

— Des chaussettes ? Mais je veux t'offrir quelque chose d'exceptionnel. Quelque chose avec de… *l'esprit*, insista Jenny.

Panache, voilà le terme qu'elle recherchait. *Panache*. Elle l'avait lu dans *Vogue* et ça faisait si français, si sophistiqué !

Nate reposa les chaussettes et jeta un coup d'œil dans le magasin.

— C'est juste que je ne veux pas que tu te ruines pour moi, Jennifer.

Jenny le gratifia d'un sourire rayonnant, l'aimant plus que jamais. Elle adorait qu'il l'appelle Jennifer. Elle adorait les petits textos mignons qu'il lui envoyait sur son portable. Elle adorait ses cheveux châtain doré ondulés et sa peau parfaite, toujours bronzée. Elle adorait qu'il fasse des choses genre lui baiser la main. Et par-dessus tout, elle adorait que, quand il prononçait quelques mots de sa voix sexy, il lui donnait l'impression d'être la plus veinarde de tout Barneys. Ce qui n'était pas peu dire.

— Ça ne peut pas être que des *chaussettes*, insista-t-elle. Il faut que ce soit exceptionnel !

— Très bien, répondit Nate dans un haussement d'épaules amusé.

C'était plutôt mignon que Jenny tienne à lui acheter quelque chose de plus éloquent que des vieilles chaussettes ou de l'eau de Cologne. Elle était si généreuse, sans jamais rien attendre en échange.

— Et ça ? fit-elle en lui montrant un caleçon rouge en flanelle à motif cachemire avec un cordon. J'imagine que c'est censé être un pyjama.

Nate fronça les sourcils.

— Ça fait un peu homo, dit-il.

Jenny reposa le caleçon sur le portant.

— Tu as raison. Désolée.

Puis elle aperçut une table jonchée de tas de boxers avec des photos sérigraphiées sur les fesses. Il y en avait des bleu clair sur lesquels était sérigraphié un voilier rouge. Parfait. La voile était le truc de

Nate. Il construisait même des voiliers dans le Maine. Le boxer coûtait soixante dollars, plus que ce qu'elle avait prévu de dépenser et un peu chérot pour des sous-vêtements, mais elle était prête à claquer dix dollars supplémentaires pour le garçon qu'elle aimait plus que tout au monde.

— Il est trop cool, dit Nate en tenant le boxer devant lui et en regardant le voilier de près. Et c'est pas comme si quelqu'un pouvait les voir, en plus.

Une rougeur s'insinua dans le cou de Jenny à l'idée de le voir en sous-vêtements.

— Non, mais prends-le, insista-t-elle. Il est fait pour toi !

Elle replia le boxer et l'apporta à la caisse.

— Pourriez-vous me faire un paquet-cadeau, s'il vous plaît ? (Puis, s'adressant à Nate :) Ce sera plus marrant quand tu l'ouvriras comme un vrai cadeau.

Ses yeux noisette brillaient d'excitation. Elle avait un sublime petit ami, elle lui avait acheté un cadeau supercool, et il lui souriait de son sourire qui lui donnait envie de hurler : *Je suis la plus* HEUREUSE *du monde !* Elle lui tendit le petit sac noir Barneys :

— Joyeux Hanoukka ! lança-t-elle d'un ton taquin bien qu'elle ne fût qu'à moitié juive et Nate, pas juif du tout.

— Merci, Jennifer.

Nate n'imaginait pas trouver quelque chose qui lui plaise mais ce boxer était carrément génial. Il lui prit la main.

— Maintenant je vais t'acheter ton cadeau. Viens.

Il l'entraîna dans l'ascenseur, direction le sixième étage. Jenny ignorait où ils se rendaient jusqu'à ce que les portes s'ouvrent et qu'ils se retrouvent au rayon lingerie féminine.

Elle hésita. Elle avait imaginé que Nate lui offrirait quelque chose de mignon qui faisait vraiment Noël, genre une écharpe ornée d'un renne niais ou un autre truc du style. Pas de la lingerie.

Le visage rouge de gêne, Jenny passa en revue les portants de lingerie importée faite à la main en tissu ultrafin. Elle achetait toujours des soutiens-gorge Bali chez Macy's car ils maintenaient très bien la poitrine et avaient des bretelles extra épaisses pour éviter que le poids de ses nichons hors du commun ne dessinent des zébrures sur ses épaules. En voyant les soutiens-gorge de chez Barney's, elle se dit qu'ils allaient se déchiqueter si elle faisait entrer un seul de ses seins dedans, quant aux deux, n'en parlons pas... Pas moyen qu'elle choisisse un soutien-gorge ou un bustier et encore moins une nuisette. Premièrement, elle mourrait littéralement si Nate apprenait la taille de son bonnet de soutien-gorge. Deuxièmement, ils ne fabriquaient sûrement pas de trucs mignons en dentelle dans sa taille.

Jenny souhaitait avouer à son petit ami que la lingerie ne la tentait pas plus que ça mais elle ne voulait pas le blesser. Elle choisit donc une culotte blanche La Perla en soie toute simple ourlée de jolies coutures roses et d'un petit nœud en satin rose sur l'élastique.

— Elle est superbelle, dit-elle.

— Voulez-vous le soutien-gorge ? lui demanda d'une voix rauque une vendeuse dans les soixante-dix ans qui s'était approchée d'eux d'un pas nonchalant pour les aider.

— Non ! hurla pratiquement Jenny.

Elle arracha d'un coup sec la culotte du cintre et se précipita à la caisse pour que Nate puisse payer et qu'ils foutent enfin le camp.

L'employée à la caisse prit la culotte et se mit à l'emballer dans du papier de soie.

— Juste le string, mademoiselle ? lui demanda-t-elle.

Jenny fixa le morceau de soie blanche pendillant entre les mains de la vendeuse. C'est alors qu'elle le vit de dos et remarqua que le tissu censé recouvrir les fesses était, en gros, inexistant.

Elle n'osa pas regarder Nate.

— Oui, dit-elle d'une voix perçante. Ce sera tout.

— Et on aimerait un paquet-cadeau, s'il vous plaît, ajouta Nate.

Olivia portait tout le temps des strings. Il ne comprenait pas pourquoi Jenny rougissait comme ça.

Une fois le paquet prêt, Nate le lui tendit et l'embrassa sur la joue.

— Joyeux Noël !

Jenny leva les yeux du morceau de tapis couleur crème qu'elle fixait non-stop et s'empara du sac. Voilà autre chose qu'elle adorait chez Nate – les strings ne le mettaient pas dans tous ses états. Il restait toujours calme et cool.

Euh… difficile de ne pas être calme quand vous êtes déchiré vingt-quatre heures sur vingt-quatre.

Quand ils prirent l'ascenseur pour redescendre, Jenny se demanda ce qu'ils étaient censés faire à présent. Rentrer chez eux et effectuer un défilé de mode l'un pour l'autre dans leurs nouveaux sous-vêtements ? Rien qu'à l'idée de se balader les fesses à l'air devant Nate, elle avait envie de mourir.

La porte de l'ascenseur s'ouvrit.

— Je m'étais dit qu'on pourrait aller se balader jusqu'au St. Regis, proposa Nate quand ils traversèrent le rayon maquillage en direction de la sortie.

Le cœur de Jenny fit des embardées dans sa poitrine. Le St. Regis était un hôtel. *Oh, mon Dieu !*

— Il y a un petit bar sympa là-bas. On pourrait prendre un chocolat chaud, quelque chose comme ça, ajouta Nate.

Visiblement, il avait sincèrement envie d'un chocolat chaud, et pas d'un peep-show dans une chambre d'hôtel. Jenny poussa un soupir de soulagement.

— Super ! dit-elle.

Mais avant qu'ils n'atteignent la porte, Nate aperçut deux filles, l'une avec des cheveux blond clair attachés en queue-de-cheval, l'autre avec des cheveux châtains lâchés dans le dos. C'étaient Serena et Olivia, devant le comptoir Estée Lauder, en plein sur leur chemin.

Nate prit Jenny par les épaules et commença à se diriger dans la direction opposée, à retourner au rayon hommes pour sortir par une autre porte. Non pas que ça le dérangeait d'être vu avec elle. C'était tout simplement plus facile qu'il ne soit pas obligé de leur parler, surtout à Olivia.

Jenny hésita et le regarda en fronçant les sourcils.

— Attends. Où on va ? lui demanda-t-elle, confuse.

— Hum... Je me suis dit que je pourrais peut-être m'acheter une nouvelle ceinture en sortant, dit Nate, espérant que Serena et Olivia ne les aient pas encore aperçus.

Trop tard.

« Nate ? » C'était la voix de Serena derrière lui. « Hé, Natie ! »

Il se retourna lentement. Le doux parfum végétal de Serena à base de muguet et de santal titillait déjà ses narines quand elle jeta ses bras autour de lui. Elle le libéra de son étreinte puis embrassa Jenny sur la joue.

— Alors qu'est-ce que vous avez trouvé de beau, vous deux ?

Jenny rougit de nouveau.

— Euh… rien, vraiment.

Olivia se tenait quelque peu en retrait, critiquant en silence l'affreuse parka noire de Jenny et son chapeau rouge pelucheux. Nate lui sourit.

— Salut, Olivia.

Celle-ci replaça son fourre-tout Prada pourpre sur son épaule et secoua la tête pour dégager ses cheveux de son visage.

— Salut, dit-elle à personne en particulier. (Elle jeta un coup d'œil rapide à Jenny.) Salut, Génie. Joyeux Noël.

Jenny garda son petit sac Barneys planqué derrière son dos, comme si elle craignait qu'Olivia s'en empare et lui demande à voir son contenu.

— Joyeux Noël, dit-elle mollement.

Olivia était tellement énervée de les voir faire leurs courses de Noël comme un petit couple heureux et bien rangé qu'elle ne put résister à l'envie de les emmerder.

— Vous pourrez peut-être nous aider, vous deux, dit-elle, brusquement guillerette. On cherche des cadeaux pour Flow et Miles – vous savez, les mecs avec qui on était l'autre soir ? Mais on ne sait pas trop quoi prendre. (Elle donna un petit coup de coude à Serena.) Serena pensait à de l'eau de Cologne. Nate, ça te dérange si on en essaie sur toi ?

Nate ne portait pas d'eau de Cologne et n'avait qu'une envie, se barrer, mais il n'était pas assez intelligent pour s'extirper tout seul de cette situation.

— Bien sûr que non, répondit-il sans enthousiasme.

Olivia les entraîna vers un comptoir et avant qu'il ne puisse protester, elle attrapa la main droite de son ex qu'elle vaporisa d'eau de Cologne Dolce & Gabbana qui, le savait-elle, sentait le roquefort moisi et la merde.

— Qu'en dis-tu ? demanda-t-elle en fourrant la main de Nate sous le nez de Jenny.

Celle-ci se mit à éternuer.

— À tes souhaits, fit Serena.

Jenny éternua, éternua et éternua. Impossible de s'arrêter.

Nate grimaça.

— C'est un peu fort.

— Vraiment ? Et celui-ci ?

Olivia attrapa sa main gauche et la vaporisa de l'Eau d'Orange Verte d'Hermès. C'était un parfum classique et pur qu'elle adorait, qu'elle-même portait parfois, bien que ce fût une eau de toilette pour homme.

Nate sentit sa main et fut immédiatement submergé par la nostalgie, repensant à l'époque où il s'allongeait sur le lit d'Olivia, embrassait son ventre nu et la faisait rire.

— Super, dit-il en le reniflant de nouveau.

Jenny avait le nez qui coulait. Elle l'essuya sur son gant.

Serena prit la main gauche de Nate et la mit sous son nez.

— Oh, c'est vraiment toi, Nate. (Elle gratifia Jenny d'un sourire sincère.) Tu devrais lui acheter ça pour Noël. Ça sent superbon.

Jenny s'essuya de nouveau le nez. Il ne lui restait plus d'argent et, de plus, elle lui avait déjà acheté un cadeau dix fois mieux. Elle jeta un œil sur Nate, espérant qu'il allait le leur dire et qu'ensuite, ils pourraient s'en aller, mais il restait planté à mater Olivia, les mains tendues comme une espèce de mannequin muet pour eau de Cologne.

Le doute s'insinua de nouveau dans le cœur de Jenny. Pourquoi Nate était-il si merveilleux quand ils étaient en tête en tête mais si… *stupide* quand ils se trouvaient avec d'autres personnes ?

Olivia fronça le nez.

— J'hésite, dit-elle d'un ton songeur. Je pense qu'on devrait leur offrir quelque chose de plus personnel, peut-être.

— Genre quoi ? demanda Serena, jouant le jeu.

— Je viens d'acheter un boxer à Nate, avec un voilier sérigraphié dessus, suggéra Jenny avec obligeance. Ils en ont de toutes sortes. Vous devriez aller jeter un œil.

Nate sourit d'un air penaud.

— Ouais. Ils sont trop cool.

Olivia s'empara de la bouteille d'eau de Cologne Hermès, prête à la balancer à la tête de Jenny. *Un boxer ?* La petite salope !

Serena vit que la petite blague d'Olivia se retournait manifestement contre elle.

— Viens, Olivia. (Elle tira doucement sur sa manche.) On monte. J'aimerais essayer un bikini. Tu pourras me donner ton avis.

Olivia reposa le flacon d'eau de Cologne sur le comptoir.

— Bien, rétorqua-t-elle d'un ton froid.

— On part à St. Bart demain, dit Serena. (Elle déposa un baiser sur la joue de Nate puis se pencha pour embrasser Jenny.) Mais on se voit pour le Nouvel An, O.K. ?

Nate observa Olivia faire joujou avec le rubis à son doigt.

Il avança vers elle, mit une main sur la manche de son manteau et l'embrassa sur la joue.

— Joyeux Noël, Olivia.

Face à l'insulte, les meilleures actrices parviennent toujours à garder leur sang-froid.

— Joyeux Noël, répondit-elle, gardant son menton aussi haut qu'il était physiquement possible de le faire sans tomber à la renverse.

Puis, avec le maximum de self-control qu'elle réussit à rassembler, elle se dirigea vers les ascenseurs au fond du magasin, entraînant Serena avec elle.

Nate les observa s'en aller, admirant la façon dont les longs cheveux foncés d'Olivia tombaient dans son dos sur son manteau de cachemire bleu ciel. Il leva sa main gauche et huma cette fragrance pure et fraîche qui lui rappelait la peau nue d'Olivia. Puis il se retourna vers Jenny. Sa houppette de boucles brunes. Sa parka noire volumineuse. Ses toutes petites mains. Son sourire timide. Quel soulagement qu'Olivia soit partie pour qu'il arrête de les comparer ! Car, en toute honnêteté, il n'y avait aucune comparaison.

Un flacon de parfum en forme de danseuse classique était posé sur un comptoir de verre à côté d'eux.

— Hé, fit Nate, changeant de sujet, tu as déjà vu *Casse-Noisette* ?

Jenny étant branchée art, elle devait probablement connaître le ballet.

Elle secoua la tête, lui faisant un sourire hésitant. Elle s'était rendue au Lincoln Center avec son cours de design et d'architecture et c'était la seule et unique fois où elle avait été aussi près de voir un ballet en vrai.

— Non, pas encore.

Ça se faisait pas. Non, ça se faisait carrément pas. Nate avait emmené Olivia voir *Casse-Noisette* les trois Noëls précédents et il avait beau savoir que c'était franchement pas cool de sa part, il avait toujours adoré le ballet. Quel délire quand, dans le premier tableau, pendant la soirée de Noël, le sapin sur scène avait juste la taille d'un sapin de taille moyenne. Puis, après que la petite fille est allée se coucher et s'est mise à rêver, le sapin a poussé dans le sol, se transformant en gigantesque arbre sous stéroïdes – vachement plus gros, même, que celui du Rockefeller Center. Puis tous les jouets s'étaient animés et s'étaient mis à se battre. Trop génial.

Nate sortit son téléphone portable de sa poche.

— On dîne chez ton père demain soir, c'est bien ça ?

Jenny opina.

— Bon, alors voyons s'il reste des billets pour la représentation de matinée.

Jenny s'adossa au comptoir de parfums, de nouveau submergée par ces symptômes similaires à ceux de la grippe. Nate l'amenait voir un ballet ! Comment ne *pas* l'aimer ?

d tente une nouvelle approche d'écriture sur le sexe

Jeudi, dès que son dernier examen fut terminé, Dan se rendit dans son café sino-cubain préféré sur Broadway et commanda un café con leche et un nem. Puis il sortit un carnet noir flambant neuf et un stylo-bille noir. Toute la semaine, il avait essayé d'écrire quelque chose d'à peu près décent qu'il pourrait joindre à ses demandes d'inscription à la fac mais toutes ses proses étaient nulles à chier. Il n'avait jamais eu de mal à écrire auparavant – généralement, les mots coulaient tout seuls. Bien sûr, les examens l'avaient distrait mais ça ne servait à rien de le nier. Il subissait la panne de l'écrivain.

Dan sirota son café, éclaboussant de taches marron laiteuses la première page vierge de son carnet. En un sens, avoir la hantise de la page blanche le mettait au même niveau que les grands auteurs. Tolstoï l'avait eue, Hemingway l'avait eue. Il ignorait si ses auteurs existentialistes français préférés l'avaient eux aussi vécu mais il imaginait bien que tous avaient dû passer par là à un moment ou à un autre. Mais ce n'était pas pour cela que ça en était moins pénible. En réalité, c'était insoutenable.

Pauvre âme tourmentée.

Après avoir jeté un œil à ses vieux carnets de notes, Dan avait compris que la dernière fois qu'il avait écrit quelque chose de potable, c'était avant Thanksgiving, avant que Vanessa et lui échangent leur premier baiser et réalisent qu'ils s'aiment.

Il trempa son nem dans la sauce poisseuse couleur prune et en avala un morceau. À part la mort, l'amour était son sujet préféré mais maintenant qu'il *était amoureux*, les mots qu'il avait l'habitude de coucher sur papier lui paraissaient tous superficiels et lourds. Si seulement il parvenait à aborder le sujet de l'amour sous un nouvel angle. Il trempa son nem dans la sauce et en prit un autre morceau. La graisse brûlante dégoulina sur son poignet. Une serveuse heurta son coude avec sa hanche et ce qui restait de son nem lui échappa et tomba dans sa tasse, faisant gicler du café au lait partout.

Ça aurait énervé bien du monde mais pour Dan, ce fut un moment de grâce absolue, une illumination.

« *Le sexe !* » songea-t-il. Le sexe était l'ultime expression physique de l'amour, raison pour laquelle, s'il ne l'avait pas encore fait, il voulait le faire lorsque l'unique façon d'exprimer ses véritables désirs était de faire l'amour.

Dan ôta le capuchon de son stylo. Il avait lu suffisamment de théories critiques pour savoir que certains des plus gros clichés écrits sur le sexe étaient des images de fleurs écloses, de levers de soleil et de feux d'artifice. Il savait aussi que l'on pouvait rendre presque tout sexuel. Mais il voulait écrire sur le sexe d'une façon nouvelle et inattendue.

Il contempla la moitié de son nem nager dans son café et réfléchit.

Tout garçon normalement constitué pensant au sexe aurait immédiatement envisagé d'arracher les vêtements de sa petite copine. Mais Dan n'était pas un garçon normalement constitué. Au lieu de penser à arracher les vêtements de Vanessa, il réfléchissait à des mots, et le fait était que les bons vieux mots ordinaires n'avaient rien de sexy s'ils n'étaient pas employés érotiquement. Et pour ce faire, vous devez arrêter de penser aux mots et songer à autre chose, ou bien mieux, à *quelqu'un* d'autre. De préférence, sans vêtements.

Mais Dan faisait un blocage sur les mots. Plus il se rongeait les sangs pour savoir quels termes employer, plus il se persuadait que s'il ne parvenait pas à écrire sur le sexe, c'était parce qu'il ne l'avait pas encore fait. Et s'il ne parvenait pas à écrire sur le sexe, il n'arriverait pas à écrire sur l'amour. Et s'il n'arrivait pas à écrire sur l'amour, il n'écrirait sur rien du tout.

Le sexe était-il le remède au vertige de la page blanche ?

v découvre victoria's secret

Jeudi après les cours, Vanessa arpentait Broadway à Soho, filmant un travesti vêtu d'une combinaison noire en PVC, et de bottes à semelles compensées noires de quinze centimètres en PVC, promenant un minuscule chihuahua noir en pull orange pelucheux quand une femme qui distribuait des prospectus publicitaires présentant la collection de lingerie Very Sexy l'arrêta devant Victoria's Secret.

« *Pour deux soutiens-gorge Very Sexy achetés, un string en V ou un tanga assorti offert !* » disait la pub.

Vanessa ignorait ce qu'était un string en V ou un tanga. Elle achetait ses sous-vêtements en coton Hanes Her Way et ses marcels chez Rite Aid et n'avait jamais mis un pied dans une boutique Victoria's Secret. Elle posa les yeux sur les affiches de Gisele Bündchen posant pour la collection Angels qui recouvraient les vitrines. *Lingerie sans coutures et coupe divine*, disaient les affiches. Évidemment que tout pouvait être sans coutures et divin sur Gisele mais *sur elle* qu'est-ce que ça donnerait au juste ?

Vanessa mit sa caméra en bandoulière sur son épaule et poussa la lourde porte en verre de la boutique : ça pourrait être marrant de voir le résultat sur sa petite personne.

On lui sauta dessus dès que la porte se referma derrière elle.

— Bienvenue chez Victoria's Secret, dit une petite blonde en tailleur-pantalon noir moulant. Je peux vous aider ?

Vanessa lui coula un regard mauvais. Elle détestait se faire agresser par un vendeur.

— Non, dit-elle d'un ton dédaigneux. Je regarde, c'est tout.

La femme lui fit un sourire gracieux.

— Très bien. Au cas où, je m'appelle Vanessa.

Vanessa la fixa, surprise.

— Moi aussi je m'appelle Vanessa ! dit-elle, regrettant quelque peu d'avoir été aussi grossière avec la vendeuse. On a le même prénom.

Vanessa-la-Blonde la gratifia d'un sourire rayonnant.

— Quelle coïncidence ! Bien, comme ça, vous n'oublierez pas mon nom. Faites-moi signe si vous avez besoin de quoi que ce soit.

Puis elle alla s'occuper d'un autre client.

Vanessa passa la pièce en revue. Du parfum et de la musique de chambre flottaient dans l'air, et le tapis par terre était d'un bordeaux velouté. Des tables rondes drapées de satin rouge étaient jonchées de strings et de culottes aux motifs floraux ou aux imprimés d'animaux. Sur chaque mur, des portants de soutiens-gorge en dentelle, en satin extensible et en coton. Il y avait des teddies, des tangas, des strings en V et des boxers de garçon. Des combinaisons, des bustiers, des jarretelles et des porte-jarretelles.

Vanessa n'avait jamais vu autant de mètres carrés dédiés au genre de futilités de nanas qu'elle avait toujours exécrées. Mais peut-être, je dis bien peut-être, un soutien-gorge sans bretelles Very Sexy en dentelle rose et un tanga assorti étaient précisément le genre de choses qu'il lui fallait pour que Dan la trouve irrésistible, pour qu'il vive enfin son moment de poésie spontané ou quoi que ce fût qu'il attendait pour se décider à sauter le pas et à baiser.

Elle se dirigea vers un portant de soutiens-gorge en dentelle rouge à armatures et fouilla dedans. 90 C, 95 B, 100 D. Elle ne connaissait même pas son tour de poitrine. Sous les soutiens-gorge se trouvait un autre portant de sous-vêtements en dentelle, ressemblant davantage à des caleçons qu'à des culottes – des caleçons *extrêmement* courts. Vanessa examina l'étiquette. Alors c'était ça, les tangas. Bon, c'était pas mal. Elle jeta un œil dans la pièce, cherchant son homonyme blond.

— On a décidé d'essayer quelque chose finalement ? lui demanda Vanessa-la-Blonde, contournant un comptoir à gauche de Vanessa où elle pliait un tas de strings en coton blanc.

La jeune fille haussa les épaules, en désespoir de cause.

— Euh, vous avez ça en noir ?

Elle lui montra l'un des balconnets sans bretelles Very Sexy en dentelle rouge.

— Quelle taille faites-vous ? s'enquit Vanessa-la-Blonde.

Vanessa fronça les sourcils. Comment avait-elle pu vivre dix-sept ans sans même connaître son tour de poitrine ?

— Je ne sais pas trop, marmonna-t-elle presque inaudiblement.

Vanessa-la-Blonde lui fit un sourire bienveillant.

— Trouvons une cabine d'essayage et ensuite je vous mesurerai. Et nous discuterons de ce que vous cherchez. Nous trouverons quelque chose dans un style que vous aimez, qui va à votre silhouette et qui, en plus, est agréable à porter ! Qu'en pensez-vous ?

Vanessa hocha la tête, la mort dans l'âme. Que quelqu'un mesure son tour de poitrine la tentait moyen et elle n'avait aucune idée de ce qu'elle recherchait mais Vanessa-la-Blonde avait l'air très pro et, au point où elle en était, autant se lâcher à fond après tout.

— Tant que vous l'avez en noir, insista-t-elle.

C'est bon, on a compris.

Avertissement : tous les noms de lieux, personnes et événements ont été modifiés ou abrégés afin de protéger les innocents. En l'occurrence, moi.

salut à tous !

AIME TA SŒUR MAIS PAS TROP

Je viens de réaliser que ça fait un bail que l'on n'a pas eu de nouvelles d'**A**, l'adorable demi-frère dreadlocké d'**O**. On pourrait croire que c'est parce qu'il est débordé à réviser ses exams et à mettre son nouveau groupe sur pied. Mais non. *Il se planque*. Et je suis presque convaincue que s'il se planque, c'est parce qu'il est confronté à de gros problèmes. Enfin, un problème en particulier : il est amoureux de sa demi-sœur. La dernière, c'est qu'il a invité son batteur de copain **M** à St. Bart et je pense que s'il l'a fait, c'est pour que **M** occupe **O** et qu'elle soit pas tout le temps sous son nez.

VOS E-MAILS

Q: Chère GG,
je suis dans le cours d'hygiène de **J** et je sais de source sûre qu'elle suit une thérapie parce qu'elle est obsédée par les nombrils. Elle doit, genre, aller aux toilettes toutes les heures pour s'assurer que le sien est toujours à sa place et quand on se change

pour le cours de gym, elle mate toujours le nombril des autres. C'est carrément flippant.
ronisays

R: Salut ronisays,
et alors, où est le problème ? C'est sexy, les nombrils. En tout cas, le *mien* est sexy.
GG

Q: Salut GG,
j'me suis dit que tu serais bien contente de savoir que je crois habiter dans le même immeuble que la **O** dont tu parles tout le temps et parfois, je récupère son courrier par erreur. Sa mère reçoit des tonnes de lettres de Nouveaux Débuts, qui est soit une clinique pour la stérilité, soit un centre d'assistance psychologique pour drogués et alcooliques. Je l'ai trouvé dans l'annuaire.
peekaboo

R: Salut peekaboo !
Espérons juste qu'elle leur donne de l'argent et ne fait pas appel à leurs services !
GG

ON A VU

S donner à son portier un bonhomme de neige en chocolat de près d'un mètre de haut emballé dans le papier en feuille d'or de chez **Godiva**. ***Flow*** va carrément trop loin, à moins que **S** ait un autre admirateur secret – elle jette les petites cartes sans même les lire. **D** contempler l'eau du bassin à bateaux de la 79e Rue, cherchant l'inspiration. **V** dans un bar de Billyburg, testant sa nouvelle silhouette mise en valeur par **Victoria's Secret**, peut-être ? **O** et **S** sortant du **J Sisters Salon** après leur épilation du maillot pré-St. Bart.

Apparemment, ça va être chaud de chez chaud par là-bas !

Passez des vacances de folie et n'oubliez pas de vous éclater comme des dingues. Moi, je vais pas me gêner. À plus tard !

Vous m'adorez, ne dites pas le contraire.

gossip girl

o, coincée en classe éco, attire les mecs comme des mouches

Olivia Waldorf *Dissertation Université de Yale*
23 décembre

Ce que je préfère dans le personnage cinématographique d'Audrey Hepburn, c'est qu'elle est distante et accessible à la fois. Elle est calme et posée mais a aussi les pieds sur terre. Elle est mystérieuse mais ouverte.

Olivia arrêta de taper et appuya sur la touche retour arrière de son iBook pour effacer tout ce qu'elle venait d'écrire. *Personnage cinématographique ?* Qu'est-ce que ça voulait dire, bordel ? Ça faisait fana de cinéma pédante genre Vanessa Abrams, la fille au crâne rasé et aux gros genoux en cours de ciné avec elle. Le problème, c'était qu'Olivia devait écrire sur Audrey Hepburn telle qu'elle apparaissait dans ses films et pas en tant que personne réelle car elle n'en connaissait franchement pas un rayon sur la vraie Audrey, à part qu'elle avait cessé de s'habiller en haute-couture Givenchy sur-mesure en vieillissant, avait coupé ses cheveux et n'avait plus porté que des cols roulés noirs et kaki. Olivia avait sorti une flopée de livres sur Audrey Hepburn de la bibliothèque mais ne s'était jamais aventurée au-delà du premier chapitre. Elle n'en avait rien à foutre des problèmes de colite d'Audrey ou de son travail pour l'UNICEF. C'était bien plus intéressant *d'imaginer* quelle avait été sa vie plutôt que de lire la réalité.

— Qu'est-ce que tu écris ? lui demanda Miles en rafraîchissant son jus d'orange avec une mini-bouteille de vodka Smirnoff.

Aaron avait bel et bien invité son pote à St. Bart pour passer Noël avec eux mais avait décidé de ne rien dire à Olivia avant qu'ils ne se retrouvent à l'enregistrement des bagages de la United Airlines. Il était clair comme de l'eau de roche que la seule raison pour laquelle Miles était venu, c'était parce qu'il croyait qu'il allait passer toutes les vacances à s'envoyer en l'air avec Olivia. Mais celle-ci était bien déterminée à lui faire comprendre avant même qu'ils atterrissent qu'il se plantait, dommage pour lui, sur toute la ligne.

— Rien, répondit-elle sans lever les yeux.

Ils avaient dû partir de chez eux à l'heure indue de huit heures moins vingt ce matin-là. Maintenant il était treize heures et ils étaient encore à une heure d'avion de St. Bart. Aaron dormait – ou peut-être faisait-il semblant pour ne pas devoir regarder Miles draguer Olivia. Serena écoutait Coldplay sur son Discman, soulagée d'être loin du flux de cadeaux perpétuels de Flow. Tyler jouait aux échecs sur sa Game Boy et faisait la gueule car, au dernier moment, la mère de son copain le prince Rolf von Wurtzel avait décidé de ne pas laisser celui-ci venir à St. Bart car le jeune prince allemand souffrait d'un problème gênant d'incontinence nocturne. Olivia remuait les glaçons dans son verre avec une petite paille de plastique marron. Merci mon Dieu pour ces putains de petites faveurs.

— J'ai essayé de t'appeler toute la semaine, lui dit Miles en réglant son siège afin de pouvoir étendre ses longues jambes devant lui. (à la grande consternation d'Olivia, ils étaient serrés comme des sardines en classe éco.) Mais j'ai pas dû noter le bon numéro.

La jeune fille garda son regard rivé à l'écran de son ordinateur. *Non*, répondit-elle en silence, *c'est parce que je t'ai filé un faux numéro*.

Miles leva la main et passa ses doigts dans les pointes des longs cheveux d'Olivia.

— Tu m'as manqué, murmura-t-il.

Elle lui coula un regard furtif sans sourire puis détourna les yeux, se demandant ce que Audrey Hepburn ferait dans une situation aussi déplaisante.

Vous savez, ces fanatiques religieux débiles qui collent des autocollants sur leurs voitures disant : « Que ferait Jésus ? » Eh bien, Olivia avait un proverbe similaire : « Que ferait Audrey ? »

Non pas qu'elle ait quoi que ce soit contre Miles ; ce n'était pas un enfoiré et il portait de sublimes fringues Armani. Il était beau et copain avec Aaron, lui aussi un type bien, quoique, à choisir, elle préférerait ne pas avoir du tout de demi-frère. Olivia aurait dû être flattée par l'attention de Miles et peut-être l'aurait-elle été si elle avait été d'humeur à flirter avec lui. Mais la réalité était qu'à onze heures du matin, entassée en classe éco dans un petit avion minable avec son ordinateur sur les genoux et ses cheveux sales attachés en queue-de-cheval, elle n'était pas d'humeur à flirter avec qui que ce soit.

— Excusez-moi, mademoiselle, seriez-vous intéressée par un numéro du *Vogue* britannique ? lui demanda le steward de première classe.

Il ressemblait à Pierce Brosnan en plus grand et en plus jeune et s'il n'avait pas porté l'uniforme de la United Airlines, il aurait presque pu être craquant.

Olivia prit le magazine. Elle constata que le steward ne proposait pas le *Vogue* britannique à tous les passagers de la classe éco, rien qu'à elle.

— Voulez-vous boire quelque chose ? Champagne ? lui proposa-t-il en lui faisant un clin d'œil.

Olivia fit tomber le magazine par terre. Ne voyait-il pas qu'elle était occupée ?

— Non merci, répondit-elle.

Miles tendit son verre de rhum-Coca vide au steward.

— La même chose.

Le steward prit le verre, ennuyé, car c'était uniquement à Olivia qu'il avait proposé autre chose à boire et voilà qu'il était obligé de servir le beau gosse d'ado assis à côté d'elle.

Miles se remit à caresser ses pointes.

— Tu ne vas pas lire ton magazine ? lui demanda-t-il.

Olivia voulait lui dire de se fourrer le magazine dans son cul Armani mais elle savait que dans une situation similaire Audrey resterait calme et continuerait à faire ce qu'elle faisait, en espérant que la personne incriminée comprendrait et la laisserait tranquille.

Elle se concentra sur sa dissertation. Ce qu'elle voulait dire, c'était qu'Audrey possédait toutes les qualités qu'une femme devrait avoir, d'après elle.

Chic, beauté, grâce, intelligence, esprit, courage et un certain mystère qui faisait instantanément craquer les hommes. Mais elle n'était pas stupide. Elle se voyait mal écrire dans sa dissertation pour Yale que si elle admirait Audrey Hepburn, c'était parce qu'elle était irrésistible – surtout pas après avoir embrassé l'homme qui lui avait fait passer son entretien.

Mme Glos lui avait conseillé d'être moins prosaïque. Olivia repositionna ses doigts sur le clavier et se mit à taper, laissant les mots jaillir d'elle sans vraiment prévoir ce qu'elle allait écrire.

Parfois je rêve que je suis Audrey Hepburn. Je me sens plus légère et plus pure, et je parle avec son accent cool. Pour Audrey, tout est facile. Elle n'a pas besoin de passer des examens de cours avancés, ni de réécrire une dissertation à la con pour entrer à la fac. Elle n'est jamais obligée de partir en vacances avec sa mère ou son gros beau-père chiant à mourir, ni avec le copain obsédé sexuel et chiant à mourir de son demi-frère. Son petit ami ne l'a jamais plaquée pour une gosse de dix ans. Et même si elle a des problèmes, elle reste discrète et les règle toute seule sans les raconter au monde entier, y compris à ceux qui lui font passer son entretien pour Yale. Quand je suis Audrey, j'ai l'impression que je peux conquérir le monde.

Olivia relut ce qu'elle avait écrit puis sélectionna le paragraphe entier et le supprima. *Quand je suis Audrey, je suis psychotique*, c'est mieux, non ?

« Et une belle journée s'annonce alors que nous entamons notre descente sur St. Bart », fit la voix grave du pilote dans les haut-parleurs de l'avion. « Je tiens à vous remercier d'avoir choisi notre compagnie. Je tiens tout particulièrement à remercier la jolie brune assise à la place 24 B. Passez de bonnes vacances et j'espère que vous choisirez la United Airlines pour tous vos voyages. »

Vingt-quatre B. Olivia regarda la petite étiquette au plafond. C'était sa place. Avait-elle seulement *imaginé* que le pilote l'avait draguée ou l'avait-il bel et bien fait ?

Miles continuait à lui caresser les cheveux. Le steward revint avec la boisson du jeune homme et une coupe de champagne pour Olivia même si elle lui avait dit qu'elle n'en voulait pas.

— Les hommages du pilote, dit le steward avec un sourire entendu.

Olivia avait l'impression d'être Mia Farrow dans *Alice*, le film de Woody Allen que M. Beckam avait projeté non pas une mais deux fois à sa classe. Dans le film, Alice – cette mère de famille ordinaire de Park Avenue – s'était rendue dans un endroit bizarre de Chinatown où elle mangeait ces herbes chinoises géniales qui attiraient tous les mecs comme des mouches.

Pas du genre à refuser un verre quand on lui en offre un, Olivia descendit la flûte de champagne et referma violemment son portable, le jeta dans son bagage à main Louis Vuitton qu'elle fourra sous le siège devant elle d'un coup de pied. L'avion entamait sa descente et, par le hublot, la mer chaude des Caraïbes étincelait, pleine de promesses. Olivia tripotait sans arrêt le rubis à son doigt, impatiente de sauter dans son nouveau bikini Gucci noir et d'aller à la plage, loin de tout et de tous.

Aaron ouvrit les yeux et se rassit, lui obstruant la vue. Il lui sourit.

— T'as fini ta dissert ?

— Va te faire foutre, répondit-elle.

d est prêt, enfin presque...

— Rajoute du curry ! ronchonna Rufus Humphrey en goûtant la sauce tomate. Rajoute du rhum !

C'était vendredi après-midi et sa petite fiesta annuelle en l'honneur des vacances était supposée commencer dans une heure.

— Mais, papa, les lasagnes ne sont pas censées avoir un goût italien ? argumenta Dan.

Son père fronça ses sourcils gris broussailleux et essuya ses mains tachées de sauce sur son T-shirt blanc sale au logo : « SAUVEZ LES COCOS ! »

— Depuis quand es-tu devenu aussi guindé ? lui demanda-t-il en agitant une cuillère en bois au-dessus de sa tête. Il n'y a pas de règles ici, que des possibilités !

Dan haussa les épaules et versa quelques tasses de rhum ambré dans la sauce. Pas étonnant que tout le monde s'extasie devant les lasagnes de son père. Au bout de quelques bouchées, ils étaient tous complètement bourrés.

— Alors c'est qui ce mec que ta sœur a invité ? s'enquit Rufus.

Il employait des termes tels que « *mec* » pour parodier la façon de parler de Dan et Jenny. C'était franchement énervant.

— Il s'appelle Nate, répondit Dan d'un ton distrait. Il est hypercool, ajouta-t-il bien qu'il fût quasi sûr que son père le mépriserait.

Nate portait des polos et arborait une coupe de cheveux hors de prix. Il avait des chaussures en cuir, une ceinture en cuir et il était en général tellement défoncé qu'il ne pouvait pas tenir une conversation sans piquer un fou rire débile en plein milieu. Mais Dan ne prit pas la peine de l'expliquer à son père. Il était trop distrait parce que Vanessa arriverait d'une minute à l'autre et il avait pratiquement décidé de lui annoncer qu'il voulait baiser avec elle.

— Bon, espérons que le dénommé Nate aime les lasagnes pendjabi, railla Rufus en remplissant de chianti son mug king-size à l'effigie des Mets.

La sonnette de la porte d'entrée retentit et Rufus se précipita pour aller ouvrir. C'était Lyle Gross, son plus vieil ami qu'il avait rencontré au parc voilà vingt ans. Lyle était l'un de ces types sans âge que vous voyez toujours assis sur un banc dans un parc, en train d'écouter un match des Mets sur une radio portable et plongé dans un exemplaire du *Daily News* vieux de trois semaines qu'il avait trouvé dans une poubelle. Il était écrivain, prétendait-il, quoique Dan n'en ait jamais vu aucune preuve.

— J'ai apporté du raisin, lança Lyle.

Il avait peigné ses cheveux gris sur son crâne dégarni et portait un pull jaune moutarde, un pantalon de coton bordeaux et des Nike blanches. Son cou était parsemé de petites croûtes aux endroits où il s'était coupé en se rasant. Le regarder était limite insoutenable.

— Bonjour, Danielson !

— Salut, répondit Dan.

Lyle ajoutait toujours des petites fioritures aux noms des gens. Il trouvait probablement cela hilarant mais Dan ne voyait pas ce que cela avait de drôle.

Rufus s'empara du raisin qu'il lança à son fils.

— Rajoutes-en aussi dans la sauce, lui ordonna-t-il.

— D'accord.

Perplexe, Dan arracha quelques grains de la grappe et les jeta dans la sauce. Au point où il en était, il pourrait aussi bien ajouter les crottes de Marx dans la mixture, personne ne s'en rendrait compte. Marx était leur chat tigré obèse qui, pour l'heure, se prélassait sur la table de la cuisine entre une baguette de pain et une énorme meule de parmesan.

Pendant que, dans le séjour, Lyle et Rufus choisissaient un disque parmi la vieille collection de vinyles de son père, Dan remua la sauce d'une main tremblante, se demandant comment au juste aborder le sujet du sexe avec Vanessa. Il lui avait confié qu'il voulait être spontané, mais de qui se foutait-il ? Tout ce qu'il souhaitait, désormais, c'était en finir avec ça et *rapidement*, afin de pouvoir se remettre à écrire car il en avait plus que marre de contempler son petit carnet noir aussi vide et vierge que ses pages.

Dan remua la sauce de plus en plus vite, jusqu'à ce que de la matière visqueuse rouge tomate déborde de la casserole. Il n'aurait qu'à y aller franco et espérons que Vanessa ne se moquerait pas de lui.

v se trouve au bon endroit au mauvais moment

Vanessa était censée être déjà arrivée chez Dan mais elle avait trimballé tout son matériel cinématographique et ça avait été toute une épopée – prendre d'abord la ligne L de Williambsurg à West Fourteenth puis la E jusqu'à Central Park – et la soirée était si belle que ce serait une honte de ne pas tourner quelques séquences pour son film tant qu'elle était là. Il avait neigé la nuit dernière et les allées du parc étaient gelées et glissantes. En descendant le chemin jusqu'au lac glacé, Vanessa regretta de ne pas avoir rangé ses nouveaux dessous Victoria's Secret dans son sac au lieu de les avoir mis. La dentelle était toute froide sur sa peau et l'irritait partout où il ne fallait pas.

À côté du bassin trônait un vieux chêne immense, sur les branches duquel s'étaient formés des glaçons. Vanessa sortit sa caméra de sa valisette. Elle pourrait filmer les glaçons et s'en servir dans le générique d'ouverture de son film pour l'Université de New York. Cool de présenter ainsi le décor ! L'espace d'un instant, les spectateurs croiraient que le film avait été tourné dans une campagne paisible. Puis elle passerait à quelque chose de carrément urbain, genre les emballeurs de viande déchargeant des carcasses ensanglantées sur West Street.

Elle tripota l'objectif, tentant de faire un gros plan sur les glaçons puis dézooma. Ça faisait un peu trop *National Geographic* de le filmer dans l'autre sens. Dan lui répétait sans cesse qu'elle devrait mettre plus d'action dans ses films mais Vanessa aimait à dire qu'un film était exactement comme un poème. Rien ne devait nécessairement se produire, l'important c'était ce que l'on ressentait.

Et alors que Vanessa se tenait dans la neige au bord du lac gelé, tentant d'immortaliser la beauté provisoire et austère des glaçons, elle ressentit vraiment quelque chose : la sensation d'un tanga de dentelle noire qui lui congelait le cul en lui laissant des marques.

Un peu plus tôt dans l'après-midi, Nate avait emmené Jenny assister à la représentation de matinée de *Casse-Noisette* au Lincoln Center. C'était exactement pareil que dans ses souvenirs : le gigantesque arbre de Noël et les géniales souris grandeur nature qui se battaient. Jenny était émerveillée, enivrée par la musique, les décors, les danseurs et les costumes – notamment la Fée Dragée. Son cœur était prêt à exploser lorsque, à la fin, Clara et son prince Casse-Noisette s'étaient envolés dans le ciel sur leur traîneau tiré par un cheval.

Ensuite, Nate et Jenny étaient censés rentrer directement chez la jeune fille pour assister au dîner que donnait Rufus mais il n'y avait rien de tel pour foutre en l'air un après-midi génial que de rentrer chez son père et de le trouver chemise ouverte dans la cuisine, en train de verser du rhum et une bouteille de ketchup géante format familial dans une casserole. Nate avait été *si parfait* toute la journée, lui prenant la main et lui montrant ses moments préférés du ballet. Même *physiquement*, il était parfait, dans son costume de cachemire gris et sa chemise bleu pervenche. Jenny décida donc de rentrer chez elle en empruntant la route la plus longue, via Central Park.

Quand ils descendirent le chemin jusqu'au bassin à bateaux, elle attrapa la main de Nate et la serra fort. Ses bottes de daim noir étaient pourvues de semelles lisses qui n'arrêtaient pas de glisser sur la glace. Maintenant qu'elle n'était plus distraite par le ballet, elle était obligée de remarquer la sensation d'irritation étrange dans la raie de ses fesses. En silence, elle se rappela de se calmer – ce n'était pas une plaisanterie, personne ne s'amusait à tirer son slip vers le haut pour qu'il lui rentre dans les fesses, elle portait son nouveau string, c'était tout.

La main libre de Nate étreignit son sac en plastique rempli d'herbe dans la poche de son manteau de laine et le réchauffa. Il n'y avait rien de pire que de l'herbe gelée. Elle était toute détrempée et puait quand vous l'allumiez. Il avait eu l'intention de se fumer un joint dès qu'ils seraient sortis du théâtre mais il y avait quelque chose de surréaliste et de magnifique dans le soleil qui s'enfonçait dans la neige et dans la chaleur de la main de Jenny dans la sienne qui lui coupèrent toute envie de se prendre la tête et d'allumer un pétard. Il avait simplement envie de parler.

— Ça craint que je doive aller dans le Maine demain, déclara-t-il. Mais comme faut que je termine mes inscriptions, c'est pas plus mal que je sois dans un coin tranquille. La personne qui m'a fait passer mon entretien à Brown m'a dit qu'ils avaient une nouvelle matière principale cool : Études des Sciences et des Technologies. Je me disais que si j'y allais, je pourrais peut-être fabriquer des bateaux dans le cadre de ce cours, tu vois ?

Jenny hocha la tête, se concentrant sur ses pieds. Elle ne voulait pas que Nate s'en aille demain. Elle ne voulait pas non plus qu'il s'en aille à l'université.

Le lac était en vue. Au printemps, Nate aimait se tenir sur le belvédère, planer et observer les canards et leurs petits canardeaux nager dans le lac. Il devait être totalement gelé. Peut-être pourraient-ils même marcher dessus.

— C'est bizarre, poursuivit-il. Y a un an jour pour jour je savais exactement où je serais dans un an : ici, en ville, à aller au lycée et à glandouiller avec mes potes, comme toujours. Mais j'ignore sur toute la ligne où je serai l'an prochain. C'est dingue !

Jenny se retourna et le regarda, se demandant comment il réagirait si elle lui avouait qu'elle l'aimait là, maintenant, tout de suite. Ses joues étaient rosies par le froid, tout comme le bout de ses adorables oreilles parfaites. Il était si beau qu'elle avait envie de hurler chaque fois qu'elle le regardait.

— J'ai mis le string, souffla-t-elle avant même de s'en rendre compte.

Elle accéléra le pas. Elle n'arrivait pas à croire qu'elle le lui avait dit !

— Attends. Quoi ?

Nate accéléra le mouvement pour pouvoir la suivre. Il n'avait même pas entendu ce qu'elle lui avait dit.

Jenny lâcha sa main.

— J'ai mis le string ! s'exclama-t-elle, un peu plus fort cette fois.

Puis elle gloussa et se mit à courir, descendant la colline en glissant jusqu'au lac glacé.

Ce coup-ci, Nate l'entendit. Il relâcha son étreinte sur le petit sac d'herbe et se mit à la poursuivre.

— Refiens ! Je feux foir ze ztring ! cria-t-il d'une voix effrayante de vampire.

Jenny poussa des petits cris perçants et continua à courir. Le froid la faisait pleurer et elle était à bout de souffle.

Nate la poursuivit jusque sur la glace recouverte de neige ; là, la jeune fille glissa et s'étala de tout son long sous un immense chêne orné de longs glaçons cristallins. Il tomba sur elle en piqué et tous deux roulèrent dans la neige, gloussèrent en haletant et se mirent de la neige dans les cheveux.

Nate retourna Jenny sur le ventre et releva son manteau.

— Fais-moi voir, fais-moi voir ! cria-t-il en se débattant avec le dos de son pantalon de velours noir puis en le descendant pour avoir un aperçu de son cul nu.

— Attends ! cria Jenny d'une voix perçante. (Elle riait sottement en se tortillant. Elle ferma les yeux bien fort, incapable de se retenir plus longtemps.) Attends. Nate, je t'aime !

Nate s'arrêta un instant, digérant l'information. Puis, au lieu de se retourner, de l'embrasser et de lui dire qu'il l'aimait lui aussi, il colla sa bouche sur une de ses adorables fesses roses nues, fit un gros « pfft » puis s'affala sur le dos, soufflant des bouffées d'air chaud dans le ciel bleu froid.

Jenny resta vautrée sur le ventre encore quelques secondes, retenant son souffle. Puis elle se releva et remit ses vêtements en ordre. Elle était ravie de le lui avoir enfin dit mais ça aurait été vachement mieux si Nate lui avait déclaré la même chose. Il était censé lui dire : « Je t'aime », puis la prendre dans ses bras et l'emporter dans un pays imaginaire sur un traîneau tiré par un cheval.

Mais tout ce qu'il avait fait, c'était un bruit de pet sur son cul nu.

— Et toi, tu n'as pas mis ton boxer avec le bateau ? lui demanda-t-elle pleine d'espoir, tentant de continuer sur la note taquine sur laquelle les choses avaient commencé.

— Je ne sais pas. (Nate déboutonna sa ceinture. Il fit descendre son pantalon sur ses hanches en se tortillant.) Bleu écossais, dit-il. Désolé.

— C'est pas grave, répondit rapidement Jenny en refermant son manteau. Hé, dit-elle, changeant de sujet, si on marchait jusqu'à la statue de Roméo et Juliette ? C'est ma préférée et elle est sur le chemin.

Nate passait beaucoup de temps dans le parc mais n'avait aucune idée de ce dont elle parlait.

— Quelle statue de Roméo et Juliette ?

Jenny frotta ses mains sur les hauts de ses bras.

— Laisse tomber. Je te montrerai quand on sera là-bas.

— Tu as froid ? lui demanda Nate en se redressant sur ses coudes et en lui tendant la main. Viens !

Elle hésita une seconde puis s'approcha de lui. Nate la fit asseoir sur lui et l'enveloppa dans son manteau, embrassa son front puis chacune de ses joues roses et froides.

Elle effleura son menton avec ses lèvres et ne put résister à le lui répéter. Peut-être, je dis bien peut-être, n'avait-il pas entendu la première fois.

— Je t'aime, murmura-t-elle.

Cette fois, Nate était obligé de répondre. Il la tenait dans ses bras et elle avait plongé ses grands yeux noisette dans son regard vert, dans l'expectative.

Et ils venaient de voir *Casse-Noisette*, pour l'amour du ciel, qui était une histoire d'amour, au cas où il ne se rappellerait pas.

— Moi aussi, murmura-t-il.

Puis ils s'embrassèrent très très longuement. Le chapeau rouge de Jenny dégringola et ses boucles châtain foncé tombèrent en cascade sur leurs visages, les enveloppant.

Mais pas très bien.

Dan avait confié à Vanessa que ses films manquaient d'action. Eh bien, en voici de l'action, et avec un grand A. D'accord, les glaçons étaient super, superbes. Mais avez-vous souvent vu une femme les fesses à l'air dans la neige ? Combien de fois avez-vous vu un type bien propre sur lui baisser son pantalon en plein jour au beau milieu de l'hiver ? Et combien de fois avez-vous vu un couple rouler dans le même manteau sur un bassin glacé au beau milieu de la ville la plus animée au monde ? Si Vanessa avait eu un hélicoptère, elle serait allée de plus en plus haut et aurait fait des tas de panoramiques non-stop jusqu'à ce que le couple ne soit plus qu'une tache petite comme une épingle au beau milieu du damier de Manhattan. Mais elle n'avait pas d'hélicoptère et devrait donc faire preuve de créativité quand elle monterait son film. Le mieux, c'était qu'elle n'avait pas fait de gros plan sur les visages du couple, de sorte qu'ils pouvaient être n'importe qui de n'importe quel âge – vous et votre petit ami, ou votre grand-mère et son petit ami. C'était de la poésie pure, brute, splendide. Elle avait hâte de le montrer à Dan.

Une minute ! Ce serait avant ou après qu'elle lui dévoile ce qu'elle portait sous son col roulé et sa jupe de laine noirs ?

la isla bonita

La villégiature de l'Ile de la Paix à St. Bart était le genre d'endroit où se cachaient les stars et où les quadras de la jet-set new-yorkaise se réfugiaient pour récupérer après une opération de chirurgie esthétique. À moins que vous ne soyez quelqu'un ou connaissiez quelqu'un, vous ne pouviez y séjourner. Mais il s'avérait que Cyrus Rose, le beau-père d'Olivia, possédait la société d'exploitation qui avait construit la villégiature et, de fait, les trois villas que la mère d'Olivia et lui avaient réservées pour leur petite famille étaient les plus belles.

La villa de Serena et Olivia comportait une véranda panoramique avec vue sur la piscine de l'île, où les femmes de plus de quarante ans aux seins chirurgicalement gonflés et aux cuisses chirurgicalement amaigries se prélassaient sur des chaises longues, arborant d'immenses lunettes de soleil et des maillots sans bretelles, feignant de lire des magazines de mode français alors qu'elles se cuitaient au punch maison. L'une avait emmené son petit bichon frisé blanc et même le chien portait des lunettes de soleil. De l'autre côté de la véranda, elles pouvaient voir l'étendue parfaite de la plage de sable blanc où les femmes plus jeunes prenaient le soleil les seins nus et les mecs faisaient nonchalamment de la planche à voile, feignant de ne pas les mater. La mer était si calme et d'un bleu-vert si parfait qu'elle paraissait fausse.

Serena, assise dans la véranda, fumait une Gitane et feuilletait un *Elle* français, attendant qu'Olivia s'habille avant de rejoindre tout le monde dans la salle à manger pour un déjeuner tardif. Elle venait de se laver les cheveux qui gouttaient sur ses épaules dénudées et dans son dos-nu jaune Diane von Fürstenberg. Après sa douche, elle s'était frictionnée d'autobronzant Lancôme et sa peau rayonnait déjà d'un joli brun doré. Sa mini-mini-minijupe en denim blanc Agnes b recouvrait à peine le haut de ses cuisses et elle avait enfilé aux pieds une paire de tongs de cuir blanc incrustées de cristaux.

Près de la balustrade de la véranda, un colibri suçait le pollen d'un hibiscus, voletant de fleur en fleur. Serena se demanda pourquoi il ne se posait pas sur une seule fleur et lampait un bon coup de pollen au lieu de passer constamment d'une fleur à l'autre.

Bonne question.

— Ouh, ouh ! Pardon ? fit un homme avec un accent français.

Serena écrasa sa cigarette avec la semelle de sa tong et se leva. Un type portant un T-shirt Île de la Paix se tenait au pied des marches de la véranda, un immense bouquet de fleurs tropicales rares à la main.

— *Ça c'est pour vous, mademoiselle**, lança-t-il en gravissant les marches et en tendant le bouquet à Serena.

Nom de Dieu ! Flow l'espionnait-il par hasard ? Comment l'avait-il retrouvée, bordel ?

Serena prit les fleurs et les sentit.

— Merci, dit-elle au type.

— De rien, répondit-il en anglais.

Il allait tourner les talons lorsque Olivia ouvrit la porte grillagée de la villa et sortit dans la véranda.

— Ma mère a intérêt à avoir une ardoise au bar, dit-elle à Serena avant même de s'apercevoir de la présence du gars.

Olivia était vêtue d'une petite robe à bretelles ultramoulante en jersey de soie beige, pratiquement de la même couleur que son bronzage Lancôme. De loin, on aurait dit qu'elle était complètement nue. Aux pieds, elle portait des tongs rouges en plastique qu'elle avait achetées au drugstore et elle avait mis un faux diamant au petit orteil de son pied gauche, essayant un nouveau look trash friqué. Elle remarqua que le mec de l'Île de la Paix la regardait.

— Oui ? fit-elle. *Parlez-vous anglais** ?

Le type eut l'air embarrassé.

— Désolé. Je voulais juste souhaiter la bienvenue aux deux plus belles filles de l'île.

Heureusement pour lui, son accent était hypersexy. C'était la seule chose qui le sauvait pour avoir sorti un truc aussi lourdingue.

— Merci, répondit Olivia. On vous voit plus tard, ajouta-t-elle, le congédiant.

— Profitez bien des fleurs, mademoiselle, dit le type en faisant un signe de tête à Serena.

Puis il gratifia Olivia d'un grand sourire et s'en alla.

Celle-ci peigna ses cheveux avec ses doigts et regarda la mer en plissant les yeux. Se faire draguer par tous les mecs qu'elle croisait commençait à la gonfler un tout petit peu.

Serena posa les fleurs sur la table en rotin au centre de la véranda.

— De qui sont-elles ? demanda Olivia.

Serena haussa les épaules.

— À mon avis, c'est même pas la peine de demander.

Olivia détacha la carte du vase carré en verre dans lequel les fleurs étaient arrivées. « Passe des vacances géniales et ne stresse pas trop pour l'organisation du mariage. Affectueusement, tes amies chères, K et I. »

Olivia et Serena se regardèrent et éclatèrent de rire.

En fait, Serena était plutôt soulagée que ce ne soit pas Flow qui lui ait envoyé tous ces cadeaux. Le bonhomme de neige en chocolat et le bocal plein de bébés barracudas, par exemple. Peut-être étaient-ce Kati et Isabel qui les lui avaient aussi envoyés.

— Viens, dit-elle en tirant Olivia par le bras et en lui faisant descendre les marches de la villa. On va se faire payer un coup par Cyrus !

Aaron et Miles se trouvaient déjà au bar, jouaient au backgammon et essayaient de faire goûter du congre frit à Tyler. La mère d'Olivia et Cyrus n'étaient pas encore arrivés ; ils naviguaient sur un yacht privé et personne ne les avait encore vus.

La salle à manger de leur lieu de vacances n'était pas une salle à manger à proprement parler ; c'était juste une grande véranda couverte face à la plage et à la mer au bleu parfait. À un bout de la pièce trônait un bar en bambou et en verre avec des tabourets en cuir blanc. D'un chic tropical extrêmement moderne.

— Deux rhums-Coca, s'il vous plaît, demanda Olivia en français au barman.

L'avantage à séjourner sur une île française, c'est que vous n'aviez pas à craindre que l'on contrôle votre âge.

Comme si cela lui arrivait souvent.

Serena prit son verre et trinqua avec Olivia.

— À nous ! lança-t-elle.

Puis elles rejetèrent la tête en arrière et burent cul sec.

— Waouh, souffla Miles en observant Olivia d'un air admiratif.

Il s'était changé et avait enfilé un pantalon cargo noir Armani, un polo Armani gris foncé et faisait beaucoup trop pâle maintenant qu'il se trouvait au bord de la mer.

— Comment vous arrivez à faire ça sans roter comme des camionneurs après ?

Olivia lui fit un grand sourire et s'essuya les lèvres avec le revers de sa main.

— Question de pratique !

Aaron secoua la tête. Ses dreadlocks faisaient davantage couleur locale avec la plage en arrière-plan. Il fourra ses mains dans les poches de son short cargo vert armée.

— Moi je dis que y a pas de quoi s'en vanter.

Olivia roula les yeux.

— Comme si tu buvais jamais !

Aaron haussa les épaules.

— Je bois. Je préfère juste boire de l'eau quand j'ai soif.

Tyler goûta un morceau de congre qu'il recracha dans une petite serviette.

— Et Olivia, elle, elle boit de l'alcool à 90° ! ironisa-t-il.

Olivia était sur le point de le frapper quand elle aperçut sa mère et Cyrus descendre le dock pour les rejoindre. Cyrus tenait Eleanor par le coude, comme s'il avait peur qu'elle trébuche. Si ça avait été quelqu'un d'autre, Olivia aurait trouvé cela mignon mais, à ses yeux, rien de ce que faisait son beau-père n'était mignon. Sa mère portait une robe Lilly Pulitzer verte et rose, ornée de grenouilles blanches partout, qui aurait été vachement plus belle si elle avait été unie et recouvrait davantage ses jambes plus-si-minces-que-ça. Sa coupe au carré blonde méchée était dissimulée par un bandeau de lin blanc et son visage était extrêmement bronzé. Quant à Cyrus, il avait revêtu un pantalon en lin rouge plissé et un polo rayé blanc et bleu marine. Son visage était rouge et brillant et il ne pouvait avoir l'air plus porcin.

Ce qui signifie « comme un cochon », pour ceux qui auraient obtenu de mauvaises notes aux oraux de leurs examens d'entrée à l'université.

Eleanor Waldorf Rose poussa un petit cri perçant dès qu'elle les aperçut tous debout près du bar.

— Bonjour mes petits chéris ! hurla-t-elle en se précipitant vers eux et en serrant Tyler fort dans ses bras. (Puis elle le relâcha et se jeta sur Olivia.) Vous m'avez tellement manqué ! Et j'ai tant de choses à vous raconter !

Serena lui fit un sourire poli.

— Bonjour madame Rose.

La mère d'Olivia était un peu foldingue mais beaucoup moins bêcheuse que la sienne.

Cyrus serra la main d'Aaron.

— Content de te revoir, fiston. Mon avocat ne m'a pas appelé. J'imagine donc qu'Olivia et toi avez réussi à ne pas mettre le feu à l'immeuble en notre absence ?

Aaron lui fit un grand sourire.

— Oh, si. On est en train de vous en faire reconstruire un nouveau. Vous verrez quand vous reviendrez. Il sera supercool.

Olivia décida de s'amuser elle aussi. Ou peut-être était-elle juste bourrée.

— Et je suis enceinte, dit-elle. (Elle mit son bras autour des épaules de Miles.) Et voici Miles, c'est le père.

Le grand sourire d'Aaron s'évanouit de son visage.

— Depuis quand es-tu devenue aussi bonne comédienne ? demanda Eleanor en secouant la tête, hallucinée par le sens de l'humour obscène de sa fille.

Olivia ôta son bras des épaules de Miles et gratifia sa mère d'un sourire narquois.

— Depuis que j'ai abandonné mes études ?

Serena gloussa.

— Quelle menteuse !

Cyrus attrapa sa belle-fille avec sa grosse patte dodue et l'étreignit bien fort.

— Voilà quelqu'un de bonne humeur ! lança-t-il.

Plus maintenant.

Relâchant Olivia, il fit signe au barman.

— Champagne pour tout le monde !

Olivia grimaça. Champion du monde de la vulgarité…

Eleanor se tapota le ventre.

— Pas pour moi, chéri.

Depuis quand refusait-elle du champagne ?

— On en aura plus, comme ça ! s'exclama Cyrus en

faisant un clin d'œil à sa belle-fille et en distribuant des flûtes à Aaron, Olivia, Serena, Miles et Tyler.

Il donna un verre d'eau gazeuse à son épouse puis leva sa flûte de champagne.

— À notre grande famille heureuse ! dit-il d'une voix tonitruante, un sourire idiot sur le visage.

Olivia avait déjà eu sa dose de famille.

— On peut s'asseoir et manger ? pleurnicha-t-elle. Je meurs de faim.

Elle ne s'était pas fait vomir depuis le départ de sa mère et de Cyrus mais elle avait le sentiment qu'elle ne garderait pas bien longtemps tout ce qu'elle mangerait aujourd'hui.

Ils se rendirent en troupeau dans la salle à manger en plein air et s'assirent sur l'une des banquettes de cuir blanc. Un ventilateur décrivait nonchalamment des cercles au-dessus de leurs têtes, et une brise légère soufflait dans les feuilles des palmiers alentour. Ils commandèrent tous, hormis Aaron, un hamburger. C'était un restaurant français et il n'y avait pas un seul plat végétalien au menu.

— Je prendrai juste une salade et des frites, dit-il au serveur en allumant l'une de ses cigarettes spéciales aux plantes.

— Nous avons passé de si merveilleux moments ! s'exclama Eleanor en tartinant un petit pain de beurre et en l'engloutissant comme si elle s'était retrouvée en rade sur une île pendant des semaines sans rien avaler.

Elle avait pris tellement de poids depuis leur départ qu'Olivia se demanda si elle devait lui faire une réflexion.

— Mais je suis si contente que vous soyez là, les enfants !

Cyrus lui serra le bras.

— Et votre mère et moi avons une grosse surprise pour vous, dit-il, ses yeux bleus encore plus bulbeux que d'habitude.

Eleanor porta ses doigts ornés de diamants à ses grosses lèvres.

— Chut ! dit-elle. Pas avant Noël.

Aaron sentit le genou d'Olivia toucher le sien sous la table et au lieu de le repousser, il l'y laissa. C'était l'un de ses petits plaisirs tordus : leurs genoux qui se frôlaient par hasard, sa main qui effleurait la sienne en attrapant le beurre, son souffle dans son oreille quand elle soupirait d'ennui.

Il devinait qu'Olivia venait de prendre une douche même si ses cheveux étaient secs car elle sentait son parfum Kiehls préféré à la noix de coco. Il remarqua également que sa peau était plus brune que dans l'avion ; elle avait sûrement dû appliquer une espèce d'autobronzant juste après leur arrivée. Il savait que les ongles de ses pieds étaient vernis de rose clair et qu'elle avait enlevé sa montre. Et il se détestait de remarquer ce genre de détails, car ce n'étaient pas des choses qu'un frère était censé remarquer.

Tyler fixait son Coca d'un air abattu. Il voulait être un jour à la tête de sa propre maison de disques et réaliser des vidéos pour MTV. Non seulement ça craignait de n'avoir que onze ans et de devoir passer ses vacances en famille au lieu d'aller à l'Ozzfest mais, en plus, tout le monde avait emmené un copain sauf lui.

— T'inquiète, mec, dit Aaron en remarquant que

la lèvre inférieure de Tyler avançait. Après déjeuner, Miles et moi on t'emmène faire du jet-ski.

Tyler sortit la paille de son verre et tenta d'y mettre le feu avec le Zippo d'Aaron.

— Cool, dit-il, tentant de conserver son image de sale gosse de onze ans alors qu'il portait des shorts kaki impeccablement repassés et ridiculement ringards et une chemise Lacoste verte.

Leurs plats arrivèrent et Cyrus et Eleanor se mirent à leur raconter les temps forts de leur lune de miel. La semaine dernière, ils étaient allés sur un volcan et avaient vu des pastenagues en Martinique. À St. Johns, Cyrus avait offert à Eleanor une épingle en corail et en diamant, retrouvée dans l'épave d'un bateau. Et sur Virgin Gorda, ils avaient bu des cocktails en compagnie d'Albert Finney, qui était soi-disant un très célèbre acteur de l'ancienne génération dont aucun d'entre eux n'avait jamais entendu parler.

Serena fit la sourde oreille à tout ce qu'ils racontaient. Olivia et elle étaient assises face à la plage et, dans le ciel, au-dessus de l'eau, un hydravion faisait des loopings et des piqués. Elle réalisa bien vite que l'avion écrivait des lettres dans le ciel. Comment parvenait-il à le faire ? Et si le pilote faisait des fautes d'orthographe, ce serait marrant, non ? Serena plissa les yeux pour tenter de lire le mot qui flottait dans le ciel, supposant qu'il serait en français.

S-E-R-E-N-A.

La jeune fille flanqua la main à sa bouche et donna un grand coup de coude à Olivia. Celle-ci lui rendit son coup tout aussi fort. Elle attrapa une petite carte blanche pliée qui trônait au milieu de la table et la donna à Serena.

Les doigts de Serena tremblaient quand elle lut les lettres or imprimées sur la petite carte :

Veuillez faire vos réservations auprès de l'Île de la Paix.
Les 45 en concert pour le réveillon de Noël.
De 20 heures à minuit.

Serena attrapa la main d'Olivia qu'elle serra bien fort. La seule chose qui leur permettrait de ne pas péter les plombs ce Noël serait de ne pas se quitter.

— Oh, regardez ! siffla Eleanor, faisant sursauter les deux amies sur leur chaise. (Elle désigna du doigt la réception de l'autre côté du restaurant.) C'est Misty et Bartholomew Bass ! (Puis sa voix ne fut plus qu'un murmure :) J'ai entendu dire que Misty s'était fait enlever le foie – elle a un très gros problème d'alcool – mais elle m'a l'air en pleine forme. Je me demande s'ils sont venus ici en bateau. Quel moyen intelligent pour se désintoxiquer ! C'est vrai, vous ne pouvez pas boire sur un bateau si vous n'apportez pas d'alcool !

Misty et Bartholomew Bass, les parents de l'ignoble Chuck, se présentaient à la réception de l'hôtel, un tas de bagages Louis Vuitton à leurs pieds. Olivia et Serena s'attendaient à voir surgir Chuck derrière ses parents – il manquerait plus que ça ! – mais aucun signe de lui.

— C'était son appendice, maman, dit Olivia après un moment. (Visiblement, Chuck était resté à New York, merci bordel de Dieu !) Elle a eu l'appendicite. Pas de quoi en faire un plat.

— Eh bien, ce n'est pas ce que j'ai entendu, insista Eleanor. Quoi qu'il en soit, j'ignorais qu'ils passaient Noël ici. (Elle jeta un coup d'œil dans le restaurant en caressant son épingle en corail et en diamant du bout des doigts.) Il paraît qu'il y a aussi quelques stars qui séjournent ici, bien que je n'aie encore vu personne que je connaisse.

Cyrus la fit taire en fourrant une frite dans sa bouche.

— Je m'assure juste que tu prends bien toutes tes vitamines et tes sels minéraux, chérie, dit-il amoureusement.

Olivia était sûre et certaine que sa mère n'avait pas besoin de se goinfrer de frites et elle était tout aussi sûre et certaine qu'elle ne voulait pas rester assise à regarder Cyrus la nourrir sous leurs yeux. Qui avait dit qu'ils lui donneraient envie de vomir ?

— Excusez-moi, marmonna Olivia.

Puis elle quitta la table comme un ouragan, à la recherche des toilettes pour dames les plus proches.

Tout le monde avait tellement l'habitude de voir Olivia se lever brusquement de table que personne ne se formalisa mais Serena ne supportait pas l'idée que son amie se fasse vomir aux toilettes. Elle posa sa serviette de table sur son hamburger auquel elle n'avait pas touché.

— Merci pour le déjeuner, dit-elle mollement.

Puis elle se leva et s'empressa de retrouver Olivia pour voir si elle allait bien, gardant sa jolie tête blonde baissée au cas où Flow serait dans les parages, planqué derrière un palmier.

qui veut vraiment connaître les dessous de victoria's secret ?

— Attends de voir le truc que j'ai filmé ! lança Vanessa à Dan en s'asseyant à la table de son père.

Jenny et Nate n'étaient pas encore arrivés mais Rufus avait bu beaucoup trop de vin rouge et mourait de faim.

— C'est de la folie ! Tu vas être fier de moi ! poursuivit-elle.

— Alors vous êtes cinéaste, Vanessamonda ? lui demanda Lyle, l'ami du père de Dan, en se servant de lasagnes. Quel genre de films tournez-vous ?

Vanessa but une gorgée d'eau.

— Noir et blanc. Vous voyez, genre pas trop d'action.

Lyle remplit son assiette de haricots blancs à la sauce tomate, le plat d'accompagnement que Rufus avait décidé de servir avec ses lasagnes.

— Des films prétendument artistiques, hein ?

Vanessa acquiesça de la tête.

— Je suppose.

— Moi, je suis plutôt un mordu des films d'aventures. Jamais vu *La Momie* ? Pour moi, c'est le plus grand film de tous les temps.

Mais Vanessa n'écoutait pas. Nate et Jenny venaient d'arriver et se déshabillaient activement dans l'entrée.

— Désolée, papa, dit Jenny, essoufflée, en ôtant son chapeau.

Vanessa reconnut le chapeau sur-le-champ. Il était rouge et pelucheux, exactement comme celui que portait la fille dans le parc. Et Nate était vêtu d'un long manteau bleu marine, exactement comme celui du garçon dans le parc. Il avait le même look BCBG et les mêmes cheveux châtain doré. Vanessa reposa sa fourchette.

Oups.

— Papa, voici Nate, dit Jenny en entraînant le jeune homme vers la tablée.

Elle avait envie de danser autour de la table, d'embrasser tous les convives. Elle n'aurait jamais cru pouvoir être aussi heureuse – Nate lui avait dit qu'il l'aimait !

Nate serra la main de son père.

— Enchanté, monsieur Humphrey.

Rufus avait la bouche pleine qu'il rinça à l'aide d'un grand verre de vin.

— Nate, mon garçon, dit-il, vous êtes la raison pour laquelle ma fille m'a emprunté plus de quatre cents dollars le mois dernier. Quel plaisir de faire enfin votre connaissance ! (Il tira une chaise de sous la table à côté de lui.) Allez, asseyez-vous.

Jenny exultait tellement qu'elle se fichait bien que son père lui foute la honte. Elle espérait juste qu'il serait sympa avec son petit copain.

— Alors, dites-moi, Nate, poursuivit Rufus en versant un gallon de vin dans le verre du jeune homme. Quelle est votre passion dans la vie ?

Nate sourit. Le père de Jenny avait l'air cool.

— Le bateau, répondit-il. Mes parents ont une maison à Mount Desert dans le Maine. Mon père et moi y construisons des bateaux et, après, on prend la mer.

Dan s'attendait à ce que Rufus ne fasse qu'une bouchée de Nate, qu'il se répande en injures contre l'égoïsme des rentiers et l'inutilité de choses tels que les bateaux mais visiblement, son père était fasciné et bombardait le petit ami de sa sœur de questions.

En temps normal, l'hypocrisie de la situation l'aurait rendu fou mais il était trop distrait par ce qu'il comptait annoncer à Vanessa pour se mettre dans tous ses états parce que son père tenait le crachoir au consommateur de cannabis pourri gâté qu'était Nate. Il se servit de lasagnes. Donnez-lui dix minutes et il demanderait à se lever de table pour que Vanessa et lui aillent « parler » dans sa chambre.

D'un seul coup, Rufus frappa violemment du poing sur la table.

— Attendez, vous tous, passez-moi donc vos assiettes ! Je suis sûr que les lasagnes seraient dix fois meilleures flambées !

— Papa..., gémit Jenny.

Là, il allait carrément lui mettre la honte. C'était inévitable.

Nate donna son assiette à Rufus. Celui-ci gratta une allumette qu'il fit tomber dans les lasagnes du jeune homme. Il y avait tellement de rhum dans la sauce que les lasagnes s'enflammèrent immédiatement.

— Super ! s'exclama Nate.

Rufus rit avec jubilation et Jenny lui tendit son

assiette, un sourire de béatitude sur le visage. Apparemment, ils s'entendaient comme larrons en foire, ces deux-là !

Dan ne pouvait plus supporter la situation. Il pencha la tête vers Vanessa.

— Je peux te parler une minute ?

Il était tellement nerveux que ses mains tremblaient.

— D'accord, lui répondit Vanessa, brusquement nerveuse elle aussi.

Oserait-elle aller jusqu'au bout et lui montrer son petit costume ? Lyle prit son assiette qu'il lui rendit en flammes.

— Merci, murmura-t-elle d'un ton distrait.

Dan se leva.

— Viens.

Vanessa attrapa son sac et le suivit dans le long couloir qui menait à sa chambre. L'appartement des Humphrey était l'une de ces reliques à loyer plafonné qui n'avait pas été rénovée depuis les années quarante. Il était immense et poussiéreux, avec des sols en bois craquants et de la peinture qui s'écaillait aux murs. Il sentait les vieilles chaussures et les vieux livres moisis. Un jour, Dan avait trouvé un paquet de cartes non ouvert sur une étagère dans le bureau de son père, imprimées en 1955. Tous les rois avaient le look d'Elvis Presley. Ils étaient trop classe.

— Bon, commença Dan, mal à l'aise, en fermant la porte de sa chambre. Je voulais te dire quelque chose.

Vanessa s'assit par terre et défit les lacets de ses bottes de combat de cuir noir. Si elle devait aller jusqu'au bout, autant le faire vite avant qu'elle ne change d'avis.

— Hum, hum, dit-elle.

Elle ôta ses chaussettes de laine noire qui lui arrivaient aux genoux et agita ses orteils nus. Voilà deux soirs, elle avait accepté que sa sœur Ruby lui vernisse les orteils couleur chocolat. Ils étaient encore superbeaux. Elle se leva et déboutonna son gilet noir.

Dan alla à son bureau et s'empara de son tout nouveau carnet noir, songeant que s'il montrait à Vanessa combien ses poèmes étaient nuls, peut-être comprendrait-elle pourquoi il devait baiser. Il feuilleta les pages. Elles étaient remplies de débuts de poèmes, genre : « *Tu es mon Frankenstein, mon Lichtenstein. Tu es divine.* »

Aucun ne comportait de fin tant ils étaient tous horribles à terminer. En les lisant, il rougit de gêne.

— Apparemment, je n'arrive plus à écrire rien de bon, dit-il en continuant à feuilleter son carnet.

Vanessa enleva sa jupe de laine noire. Elle ôta son col roulé noir par sa tête rasée. Puis elle resta plantée les mains sur les hanches, attendant que Dan se retourne.

— Et je me suis dit que peut-être, si j'arrivais plus à écrire, c'était parce que… (Dan referma son carnet et se retourna d'un coup.) … j'avais besoin de…

Il s'arrêta net.

Vanessa se tenait debout à côté de son lit, en push-up de dentelle noir et en shorties assortis hypercourts, au tissu si fin et si léger que Dan voyait *tout* à travers.

Normal. C'était le but.

Elle lui fit un grand sourire et battit des cils.

— Qu'est-ce que tu en penses ?

Dan la fixa, consterné. C'était bien la dernière des choses qu'il s'attendait à voir.

— Que fais-tu ? s'enquit-il.

Vanessa s'approcha de lui, s'efforçant de ne pas penser de quoi avaient l'air le haut de ses cuisses et le bas de ses fesses dans son tanga échancré. Elle mit ses mains sur les épaules de Dan. Tout son corps tremblait. Elle ignorait si c'était bon ou mauvais signe.

Dan passa sa chambre en revue.

— Tu ne filmes pas ça, hein ? s'enquit-il, suspicieux.

En général, Vanessa lui demandait s'il acceptait de figurer dans l'un de ses films mais il la voyait bien essayer de mettre quelque chose de complètement brut dans son film sans lui demander son avis au préalable.

Elle secoua la tête.

— Embrasse-moi, lui dit-elle.

Dan croisa les bras sur sa poitrine. Il comprenait enfin ce qu'elle avait en tête.

Et alors ? Ils s'aimaient. Pourquoi il ne se lâchait pas tout simplement ?

N'importe quel autre mec se serait lâché, c'était clair. Mais Dan n'était pas n'importe quel mec. Il était Dan, le romantique hypersensible. Il ne voulait pas que sa première fois soit encombrée de lingerie de dentelle noire. C'était si prémédité, si cliché, si... *nul.* Il voulait que ce soit pur, spontané et... *pas nul.*

Il recula d'un pas et détourna la tête.

— Désolé, dit-il.

Vanessa comprit qu'elle l'avait bousculé et peut-être n'était-ce pas juste mais elle essayait simplement de s'amuser un peu. Elle espérait aussi qu'il la trouve irrésistible mais, de toute évidence, il parvenait parfaitement à lui résister. Elle prit son pull sur le lit et l'enfila rapidement par la tête, totalement humiliée.

Dan alluma une cigarette et tira une longue taffe, bien fort.

— Tu veux me montrer le truc que t'as filmé au parc ? lui demanda-t-il.

Euh. Valait mieux pas.

Vanessa secoua la tête, incapable de le regarder. Elle enfila sa jupe et reboutonna son gilet.

Dan éteignit sa cigarette dans un mug de café vide.

— Je crois que l'on ferait mieux de retourner à table.

Vanessa laça ses bottes et se leva.

— Je crois que je ferais mieux de rentrer, dit-elle la voix tremblante.

Elle n'avait pas pleuré depuis qu'elle avait quatre ans mais, apparemment, elle était à deux doigts de le faire.

Dan opina, déchiré entre l'envie de lui demander ce qui n'allait pas et l'envie de la voir partir pour pouvoir se remettre à écrire. Et d'ailleurs que se diraient-ils si elle restait ?

Bizarre comme le fait de voir votre petite amie campée dans de la lingerie quasi transparente peut radicalement modifier votre relation.

Vanessa se dirigea vers la porte et l'ouvrit.

— Salut, dit-elle calmement.

— Salut, répondit Dan quand la porte se referma derrière elle.

Il retourna à son bureau, s'assit et ouvrit son

carnet, espérant que le trouble qui régnait dans son esprit à la suite de tout ce qui venait de se passer l'inspirerait et qu'il écrirait quelque chose de brillant. Mais non. Et il resta assis à fumer clope sur clope.

quand l'art de j fait flipper n

— On peut se lever de table, papa ? demanda Jenny. Je voudrais montrer ma chambre à Nate.

Rufus la regarda à peine.

— *Mais oui*, dit-il avec un horrible accent français. *Bien sûr**.

Jenny leva les yeux au ciel. Lorsque son père buvait trop de vin rouge, il essayait de se créer une image de poète beatnik cool qui fume des cigarettes et parle français dans un café bohème.

Tel père, tel fils.

— Viens, intima-t-elle à Nate en le conduisant dans le couloir, direction sa chambre.

Elle ouvrit la porte et alluma la lumière.

Nate ne s'était pas attendu à être surpris par la chambre de Jenny. Le reste de l'appartement était quelque peu agréable, bien que tombant en ruine, genre maison de campagne où le ménage n'avait jamais été fait, et il s'était attendu à ce que sa chambre soit plus ou moins dans le même style. Mais Jenny avait toujours détesté ses murs quelconques blanc cassé, son plafond fissuré, son sol en bois nu, et ses vieux draps blancs ordinaires et, de plus, c'était une excellente artiste. Ces derniers mois elle avait donc décidé de se mettre à la peinture, au portrait plus précisément, et son sujet préféré était Nate, forcément. Il y avait six portraits de lui au total, chacun dessiné dans le style d'un artiste différent. Il y avait Nate à la Monet, peint dans le style impressionniste ; Nate à la Picasso, avec les yeux dans les pieds ; Nate à la Dali, s'égouttant en flaque sur le trottoir ; Nate à la Warhol, les yeux vert électrique et les cheveux en peinture or ; Nate à la Pollock, des éclaboussures de peinture formant sa tête ; et Nate à la Chagall, la tête du jeune homme s'envolant dans un ciel nocturne.

— Ils te plaisent ? lui demanda Jenny, pleine d'espoir. J'essaie de copier plein de styles différents. Celui de Pollock était le plus difficile à reproduire.

Nate, bouche bée, leva les yeux sur les tableaux aux murs. Il ignorait lequel était le Pollock et ne reconnaissait aucun des styles des autres artistes que Jenny avait copiés, mais il se reconnaissait six fois au bas mot, et ça suffisait pour lui donner matière à réfléchir.

— Voilà, c'est ici que je passe le plus clair de mon temps, lui expliqua Jenny avec jubilation.

Nate avait été tellement charmant de discuter avec son père qu'elle était de plus en plus amoureuse de lui. Bravement, elle se mit sur la pointe des pieds et posa ses mains sur ses épaules.

— J'ai eu envie de t'embrasser toute la soirée, murmura-t-elle d'une voix rauque.

Nate se raidit, mais pas comme vous le croiriez.

Eh oui, en temps normal, ce genre d'avances aurait dû lui donner une maxi trique mais Nate venait de se représenter très clairement Jenny passer des heures seule dans sa chambre à peindre ces beaux mais extrêmement étranges portraits de lui.

Le fait était qu'il venait de lui dire qu'il l'aimait. Et il était sincère sur le coup, enfin en quelque sorte. Mais qu'attendait-elle à présent ? Qu'il la déflore, quelque chose de ce genre ?

Il déposa un petit baiser sur sa bouche.

— Je vais pas tarder, dit-il. Faut que je fasse mes bagages pour demain et tout et tout.

Jenny fronça les sourcils.

— Oh s'il te plaît, ne pars pas. (Elle lui fit un grand sourire et regarda par terre.) J'ai encore mon string.

Nate devait se barrer d'ici avant qu'elle ne se mette à enlever tous ses vêtements pile devant sa collection d'œuvres d'art. Heureusement, il n'eut pas à trouver de bonne excuse pour partir car son téléphone portable se mit à sonner.

Il le sortit de la poche de son pantalon et regarda le numéro s'afficher à l'écran. C'était Jeremy.

— Hé, mec, t'es où ?

— On va se retrouver dans ce bar de Rivington. Tu sais, celui où Charlie s'est fait virer pour avoir fumé du crack sur l'échelle d'incendie ?

— O.K., calme-toi, lui ordonna Nate, songeant que s'il faisait croire que ce coup de fil était urgent, Jenny le laisserait partir.

— Hein ? fit Jeremy.

— J'arrive tout de suite, dit Nate.

Il raccrocha et prit la main de Jenny.

— Je suis désolé, Jennifer, mais je dois vraiment y aller. Jeremy m'a dit que Charlie et Anthony avaient pris de la mauvaise ecstasy et qu'ils déliraient mal. Faut que j'aille les aider avant qu'ils fassent quelque chose de grave.

Jenny hocha la tête ; sa lèvre inférieure tremblait. Nate partait dans le Maine demain. Elle ne le reverrait pas avant des jours et des jours.

— D'accord.

Il la serra bien fort.

— Je reviendrai pour le réveillon de la Saint-Sylvestre. Tu seras sage, hein ?

Elle ferma bien les yeux et le serra fort dans ses bras.

— Je t'aime.

Elle ne se lassait pas de le lui répéter.

Nate la relâcha et attrapa un panda en peluche sur son lit. Il le fourra sous le bras de Jenny.

— Fais comme si c'était moi, dit-il en l'embrassant sur le nez.

Puis il sortit de la chambre comme un ouragan et prit le couloir pour aller inonder M. Humphrey de mercis polis avant de sauter dans un taxi, direction le bar de Rivington Street où il paierait des coups à son ami Jeremy pour lui avoir sauvé la vie sans le savoir.

gossipgirl.net

thèmes ◄ précédent suivant ► envoyer une question répondre

Avertissement : tous les noms de lieux, personnes et événements ont été modifiés ou abrégés afin de protéger les innocents. En l'occurrence, moi.

salut à tous !

Désolée, ça fait un bail mais vous savez ce que c'est : quand y a pas école, les souris dansent – et moi, c'est *tous les soirs* !

ALORS, C'EST QUOI CE LIEN ?

O.K., nous avons tous entendu parler de ces gens de Eyewitness News qui avertissent la police parce que, alors qu'ils étaient dehors en train de filmer leur gamin qui jouait dans la cour, des coups de feu ont été tirés d'une voiture en marche et ils ont enregistré le numéro d'immatriculation de la voiture sur leur caméra numérique, bref ce genre de trucs. En ce qui me concerne, j'ai une histoire qui est tout le contraire. Je *sais* qui se trouve sur la bande ou dans notre cas, sur le *lien* Web, mais ce que j'ignore, c'est *comment* il est arrivé sur Internet ?

Je suis sûre que vous savez maintenant de quel lien je parle. Cliquez dessus et vous tomberez sur l'excellente retransmission de ces deux personnes que nous connaissons et aimons, dans le parc, baissant leur pantalon et roulant ensemble dans la neige, enveloppés dans un manteau d'hiver bien chaud. **J** a un petit cul mignon, non pas que je l'aie bien maté ni rien. Et même dans son boxer-short, le cul de **N** est à la hauteur de nos espérances. Pas étonnant que tout le monde se soit arraché ce lien sur Internet, comme le dernier CD live piraté du groupe 45.

Sans vouloir donner de noms, je suis quasiment sûre que c'est **V** qui les a filmés – ça porte sa griffe prétendument artistique et une maîtrise comme la sienne. Mais pourquoi donc l'a-t-elle mis sur le Web ? Ça ne veut rien dire. Si c'est elle qui l'a envoyé, elle s'en voudra toute sa vie, et si ce n'est pas elle, alors qui c'est ? Je dois avouer que c'est une grande première : je sèche.

ON A VU

Cela provient de l'hôtel très select de **l'Île de la Paix** sur l'île de **St. Bar**, euh je veux dire, **St. Bart** ; ***Flow*** sortir d'une animalerie à **Gustavia** – la seule vraie ville de St. Bart – une cage à oiseau à la main. Allez savoir… **Mme E.W.R.** vomir dans la poubelle des toilettes pour dames. Maintenant, on sait de qui **O** tient. **O** et **S** faire entrer en douce une autre cruche de rhum dans leur villa où elles se planquent depuis leur arrivée, hier. Et **A** jouer de la guitare seul sur la plage. Il a beau être supermignon, un végétalien qui se morfond en T-shirt « LÉGALISEZ LE CHANVRE », c'est antisexy au possible. Et ici à NYC : **K** et **I** pleurer dans les bras l'une de l'autre sur **Park Avenue** alors qu'elles s'apprêtaient à aller fêter Noël chacune de leur côté. Humm, elles devraient peut-être s'offrir des bagues de fiançailles.

VOS E-MAILS

Q: Chère Gossip Girl,

j'ai un pote dont la sœur aînée est copine avec l'agent de publicité de **Flow** et elle a dit à la sœur

de mon copain que **Flow** était à St. Bart pour essayer d'arrêter la cocaïne d'un coup.
Brownie.

R: Chère Brownie,
Eh bien, *j'ai* entendu dire que St. Bart était un genre de paradis de la drogue, donc si tu as raison, il ne va sûrement pas faire long feu.
GG

SORTEZ LE GRAND JEU

Ce soir, c'est le réveillon de Noël. Dernière chance d'acheter tout ce qui figure sur votre liste. Dernière chance de jeter un œil sous le sapin pour être sûrs que vous recevrez un max de cadeaux et, si ce n'est pas le cas, pour changer les petites cartes sur les paquets. Dernière chance de manger autant de truffes au chocolat noir Godiva que le désire votre petit cœur. Dernière chance d'avoir l'impression d'avoir cinq ans et de laisser des biscuits au pain d'épices pour Papa Noël. C'est aussi la toute dernière chance d'être très très gentils avec ceux qui vous feront des cadeaux pour qu'ils puissent changer d'avis et décident finalement de vous offrir ce sac à main orange Birkin d'Hermès en peau de cochon.

Passez un joyeux Noël ! et surtout, un Noël bien arrosé !

Vous m'adorez, ne dites pas le contraire.

gossip girl

s et o ne changeront jamais les garçons

— On ne peut pas rester enfermées ici toute la journée, se plaignit Serena auprès d'Olivia.

C'était le 24 décembre ; il était presque midi et elle regardait par la fenêtre de leur villa de l'autre côté de la véranda, dévorant des yeux la plage de sable blanc et la mer turquoise qui s'étendait à perte de vue.

— Mais qu'est-ce qu'on fait de Flow et Miles ? la raisonna Olivia en étalant du dentifrice au fenouil Tom's of Maine sur sa brosse à dents électrique Braun. Je croyais qu'on se cachait.

Elle avait imaginé qu'en se planquant dans la villa avec Serena, elle aurait le temps de bosser sa dissertation pour Yale mais jusque-là, tout ce qu'elles avaient fait, c'était boire de grands verres de punch décorés de tranches d'orange, de cerises au marasquin et de parapluies en papier, jouer au bridge et se vernir les orteils en rose barbe à papa. Il était temps de sortir son iBook.

Serena avait d'autres idées en tête. Une nuit entière et une demi-matinée enfermée à ne rien faire était le maximum du supportable pour elle.

— On va à la plage, lança-t-elle en enfilant un

short Miu Miu ultracourt par-dessus son bikini blanc. Et si quelqu'un veut nous parler, voilà à qui il devra s'adresser !

Elle virevolta sur elle-même et ôta brusquement les petits triangles blancs qui constituaient son haut de bikini, les flaquant sous le nez d'Olivia.

Celle-ci arqua les sourcils puis se remit à son brossage de dents. Elle cracha dans le lavabo.

— Tu veux dire, faire du seins nus ? lui demanda-t-elle, savourant déjà cette idée.

Serena hocha la tête, un sourire diabolique jouant sur son visage.

— C'est exactement ce que je veux dire.

Aaron, Miles et Tyler prenaient un cours de planche à voile à quelques mètres de la côte lorsque Serena et Olivia déployèrent leurs serviettes de plage jaune canari sur le sable, ôtèrent leurs hauts de bikini et s'allongèrent sur le dos, leurs seins nus offerts au ciel.

— Dégueulasse ! fit Tyler en tournant le dos pour ne pas les regarder.

Miles lâcha sa voile et tomba à l'eau. Il refit surface et secoua la tête en regardant Aaron, toujours debout sur sa planche.

— J'arrive pas à croire que tu vives avec ça, dit-il d'un ton envieux.

La voile d'Aaron était pleine d'eau. Il tira la corde d'un coup sec, tentant de la soulever pour ne pas voir la plage, mais en dépit de tous ses efforts, la voile resta sous l'eau. Olivia pensait probablement que ça faisait Européenne sophistiquée de faire du topless comme ça mais, personnellement, il trouvait que ça faisait salope. Quiconque passant à côté d'elle pouvait s'en mettre plein la vue puis, plus tard au dîner, en la voyant tout habillée, ils pouvaient imaginer sans problème comment elle était nue. Y penser lui donnait des vertiges.

Prinz, leur prof de planche à voile rasta en maillot Speedo, barbotait dans l'eau, dos à la plage.

— Laisse-moi te donner un coup de main, dit-il.

Et il plongea comme un dauphin, refaisant surface sous la voile d'Aaron qu'il sortit de l'eau à l'aide de sa tête.

Quel pro !

Aaron raidit la corde jusqu'à ce que la voile se trouve exactement là où elle était censée être, perpendiculaire à la planche. Il attrapa la poignée de caoutchouc et se pencha en arrière lorsque la voile prit le vent. La planche frôla la surface de l'eau, produisant de petits bruits de claque quand elle heurta les vagues et laissa un joli sillon dans son chemin. Aaron se sentait extrêmement cool. Il avait réussi !

Des gens se mirent à hurler derrière lui et il jeta un œil par-dessus son épaule pour voir.

Serena et Olivia étaient debout sur leurs serviettes, toujours seins nus, en train de l'applaudir et de l'encourager.

— Allez, Aaron, allez, Aaron ! Quel frimeur !

Aaron les fixa – il ne put s'en empêcher – une seconde de trop. Quand il se retourna, sa planche s'était échouée sur un fond de sable qui saillait dans la crique et il tomba à la renverse, atterrissant comme un crabe sur le dos dans l'eau peu profonde.

Aïe !

Miles désirait parler à Olivia mais il ignorait s'il existait une espèce de code tacite stipulant que vous ne deviez pas vous tenir trop près d'une fille bronzant les seins nus sans avoir l'air de la mater d'un air concupiscent. Il ne savait pas non plus ce qu'Olivia en pensait.

Prinz était allé sauver Aaron à la nage de son ensablement. Miles tira sa planche à voile sur la plage, et marcha sur le sable jusqu'à ce qu'il se trouve à deux mètres environ de la serviette d'Olivia. Serena et elle étaient encore allongées sur le dos. Waouh, la vue valait le détour !

— Salut, dit Miles d'un ton nonchalant.

Olivia tourna la tête et le regarda en plissant les yeux. Ça allait être drôle. Elle s'assit, le faisant profiter à fond de sa nudité intégrale de face. À partir de la taille, en tout cas.

— Salut.

Miles regarda le sable, rougissant malgré lui. Il était mignon dans son short de surf orange, avec son collier de coquillages, ses cheveux blonds hérissés dans tous les sens.

— Euh, je me demandais juste si vous aviez l'intention d'aller à la soirée de Noël ce soir ?

Olivia jeta un œil à Serena.

— A-t-on l'intention d'aller à la soirée de Noël ce soir ? murmura-t-elle.

Serena lui fit un grand sourire, mettant sa main en visière au-dessus de ses yeux.

— À fond !

Olivia se retourna vers Miles.

— Bien sûr que oui, répondit-elle.

Miles opina, tentant de ne regarder que son visage.

— Cool ! À plus tard.

Olivia sourit et se protégea les yeux, l'observant rejoindre sa planche à voile en traînant les pieds, puis sortir ses muscles quand il la remit à l'eau. *C'était* drôle. Depuis quand les gars respectaient-ils une distance de deux mètres pour vous laisser respirer ? Elle se rallongea sur sa serviette et roula sur le ventre.

C'était peut-être drôle mais même un indice de protection solaire 45 ne protège pas de tout...

Au bout d'une heure et demie de bain de soleil, Serena avait pris des couleurs des deux côtés. Elle était sur le point de dire à Olivia qu'elle avait assez bronzé lorsque...

« Serena ? »

Elle se retourna et s'assit.

Eh oui, c'était Flow. Et non, elle n'avait toujours pas remis son haut.

Ça lui était bien égal, manifestement. Il se dirigea directement au bord de la serviette de Serena et se mit à côté d'elle. Olivia était étendue sur le ventre, la tête recouverte d'un T-shirt blanc, feignant de dormir.

— Enfin ! souffla Flow, dégageant d'un mouvement de tête ses boucles brunes de ses yeux bleus aux longs cils.

Il portait un short de surf orange électrique et rien d'autre, et son corps mince et musclé était bronzé, frôlant la perfection d'une tartine au beurre de cannelle. À son cou pendillait une dent de requin sur un fil de cuir.

— Je t'ai manqué ?

Serena haussa les épaules et frotta ses bras,

cachant à moitié ses seins nus pour empêcher Flow de s'en mettre un peu trop plein la vue.

— Eh bien… tu m'as envoyé tant de cadeaux…

Il fronça les sourcils.

— Pas tant que ça.

Peut-être que Kati et Isabel avaient envoyé plus de cadeaux qu'elle l'avait initialement cru. Avec ces deux-là, on ne pouvait pas savoir.

— Bref, peu importe, dit Serena. Au fait, tu es au courant ? Il paraît qu'on est fiancés.

Flow la gratifia d'un grand sourire.

— Oui, je suis au courant. Ne te prends pas la tête pour ce genre de chose. Tu t'y habitueras.

Le fait était que Serena était sûre et certaine qu'elle ne *voulait pas* s'y habituer. Elle n'était encore jamais sortie avec une rock-star et avait pris du bon temps avec Flow un soir mais il y avait plein d'autres mecs sur terre. Des varappeurs, des photographes, des coureurs automobiles, des acteurs, des D.J. En un sens, Serena était exactement comme le colibri qu'elle avait observé l'autre soir, butinant incessamment d'une fleur à l'autre. Elle ne voulait pas s'en tenir à une seule fleur, et sucer tout son pollen pour ce que ça valait. Elle voulait goûter autant de fleurs que possible.

Elle attrapa sa queue-de-cheval par-dessus son épaule et examina ses fourches sans rien dire. Flow n'avait pas l'habitude que les filles se la jouent aussi blasées en sa présence. Quand allait-elle se jeter dans ses bras et lui dire qu'il lui avait énormément manqué et qu'elle ne voulait plus jamais être séparée de lui ?

— Bon, mon groupe joue à la soirée de réveillon

de Noël ce soir, finit-il par dire. J'espérais qu'après on pourrait peut-être sortir ensemble pour que je puisse te donner ton cadeau de Noël.

Serena sourit. Oh, mon Dieu, encore un cadeau.

— Je serai là.

— Cool. (Il marqua une pause, attendant qu'elle ajoute autre chose. Mais elle ne dit rien.) Très bien. À ce soir.

— À plus.

Serena se rallongea et donna des petits coups dans les côtes d'Olivia.

— Quelle hypocrite ! murmura Olivia en se retournant et en ôtant le T-shirt de son visage.

Serena pencha la tête.

— Comment ça ?

— Tu fais comme si tu détestais tous les trucs qu'il t'offre mais je parie que tu as hâte de voir son cadeau de Noël.

Serena arbora un sourire rayonnant. Olivia avait raison. Elle pouvait râler tant qu'elle voulait à propos du torrent perpétuel de cadeaux de Flow mais les filles adoraient les cadeaux, surtout ceux provenant de rock-stars célèbres à la beauté criminelle.

le lien expliqué

— Quelle caméra ? marmonna Ruby, la sœur de vingt-deux ans de Vanessa.

Il était quinze heures dimanche après-midi mais on aurait dit que Ruby s'était couchée seulement quelques heures plus tôt. Ses yeux arboraient des pâtés d'eye-liner noir de la veille au soir et elle portait toujours son pantalon de cuir bordeaux ultra près du corps. Ruby dormait sur un futon dans ce qui était censé être le séjour de leur appartement une pièce au deuxième étage d'un immeuble de Williamsburg à Brooklyn. L'appartement était jonché de matériel – des amplis, des enceintes, des guitares et des micros du groupe de Ruby, SugarDaddy, et de caméras et d'éclairage pour les tournages de Vanessa. Le sol était recouvert d'un tapis que leurs tarés d'artistes de parents babas cool avaient eux-mêmes confectionné sur un métier à tisser dans leur maison à l'extérieur de Burlington dans le Vermont. Le tapis était vert armée et rouge pomme d'amour, représentant l'arche de Noé, avec des animaux par paires sur un radeau vert sur une mer rouge mais les fringues de Ruby et la sono le recouvraient tellement que les animaux étaient complètement cachés.

— Ma caméra vidéo numérique Sony, insista Vanessa, furieuse. Je l'ai laissée sur le bar de la cuisine.

Elle avait l'intention de revoir les séquences qu'elle avait tournées au parc vendredi pour vérifier si ça valait le coup de garder le truc des glaçons et supprimer la scène de Nate et Jenny mais impossible de mettre la main sur sa caméra.

Ruby se retourna et mit un oreiller sur son visage.

— Je l'ai empruntée.

Vanessa la fixa. Elle avait toujours l'oreiller sur la figure et ça l'énervait.

— Comment ça, tu l'as empruntée ? Où elle est, putain ?

— Je l'ai prêtée à des amis au Five & Dime. Ils s'en servent pour tourner un petit film sur le skateboard pour entrer à la fac.

— Y avait des trucs dessus ! hurla Vanessa, horrifiée. Des trucs pour mon nouveau film !

Ruby enleva l'oreiller de son visage et s'assit.

— Comme si t'avais pas dix autres caméras ! Désolée, ajouta-t-elle, sarcastique. Désolée d'avoir pénétré ton espace sans ta permission. Je peux avoir un câlin ?

Vanessa coula un regard noir à sa sœur, les poings serrés si fort que ses ongles dessinaient des zébrures dans ses paumes. *Maintenant* elle comprenait pourquoi elle avait reçu quinze e-mails ce matin l'accusant d'être une salope de voyeuse de pornographe lesbienne. Manifestement les amis de Ruby ne s'étaient pas seulement bornés à emprunter la caméra. Ils avaient pris ce qu'il y avait dessus et l'avaient mis sur ce putain *d'Internet* !

Dan croyait déjà qu'elle était perverse. Mais maintenant que penserait-il d'elle ?

Après-midi du 24 décembre. Dan surfait sur le Net à la recherche d'articles sur la hantise de la page blanche et sur les éventuels remèdes. Tout ce qu'il trouvait était corsé et débile. *Allez vous balader.* Comme s'il n'arpentait pas déjà tous les jours Manhattan de long en large, en ruminant sur son inaptitude à écrire quoi que ce soit de cohérent. *Prenez un bain chaud.* Il détestait les bains. Ils ne servaient qu'à lui donner envie de dormir. *Faites de l'exercice.* Non merci. Son régime à base de cigarettes et de café n'incitait pas franchement à la gym. Un des sites vantait les mérites de la prise d'acide. Apparemment, un écrivain lauréat d'un prix littéraire avait écrit tout son roman sous acide en un soir et ne se rappelait même pas l'avoir écrit le lendemain matin. Mais à part picoler dans des soirées, Dan était resté superclean pendant toutes ses études secondaires et ce n'était pas maintenant qu'il allait commencer à se défoncer à l'acide. Un autre site conseillait d'essayer l'exercice suivant : vous écrivez le premier mot qui vous vient à l'esprit puis extrapolez à partir de là. Vous risquez de vous retrouver avec une liste de mots genre liste de courses, disait le site, mais même ça c'était mieux que rien. Dan décida de tenter le coup. Il tourna une nouvelle page dans son carnet et se tint prêt, stylo en main.

Il inscrivit le mot *téléphone* mais son ordinateur bipa, lui indiquant qu'il avait un nouveau message. Il attrapa sa souris et ouvrit sa boîte d'un clic. L'e-mail était de Zeke, son seul bon ami de Riverside.

Clique sur le lien ci-dessous, mec. Z.

Dan cliqua sur le lien, songeant qu'il s'agissait

encore probablement d'un autre lien débile de conneries sur le basket que Zeke avait trouvé. Il se reconcentra sur son carnet, sans même attendre de voir ce qui apparaissait à l'écran.

Téléphone. Et maintenant quoi ? Il avait besoin d'un autre mot.

Son père frappa à sa porte ouverte et passa la tête dans la chambre.

— Hé, Dan, je vais chercher des bagels. Tu as besoin de quelque chose de spécial ?

Dan pivota sur sa chaise, sur le point de lui demander de lui rapporter un grand café noir mais, brusquement, le visage de son père devint terrifiant tandis qu'il fixait l'écran de l'ordinateur de son fils.

— Jennifer Tallulah Humphrey – est-ce toi ?! rugit Rufus en pénétrant dans la chambre tel un ours enragé.

Il portait un T-shirt blanc Onion et ses cheveux gris embroussaillés étaient hérissés dans tous les sens sur sa tête.

Dan fit pivoter son fauteuil et jeta un œil à l'écran de son ordinateur. La première chose qu'il reconnut fut le chapeau rouge de Jenny. Puis il vit ce qui ressemblait à son cul nu dans un string blanc. D'un seul coup, un type aux cheveux châtain doré ondulés colla sa bouche sur ses fesses. La caméra passa rapidement au mec qui baissait son pantalon puis à eux deux, bien emmitouflés dans son manteau, faisant des saloperies, selon toute vraisemblance.

Dans une incrédulité teintée d'horreur, père et fils observèrent la scène se répéter en boucle, inlassablement.

— Jennifer ! hurla de nouveau Rufus, éclaboussant l'écran de crachats de colère.

Jenny apparut sur le pas de la porte, l'innocence personnifiée en jogging de velours bleu clair, les cheveux attachés en espèce de queue-de-cheval d'où sortaient ses boucles.

— Quoi ? fit-elle.

Dan poussa son fauteuil pour qu'elle puisse voir l'écran de là où elle se tenait.

— Quoi ? répéta-t-elle, impatiente.

Elle avança d'un pas puis flanqua la main à sa bouche quand elle reconnut son cul nu à l'écran. C'était comme regarder un film d'horreur dans lequel elle tenait le rôle phare. *Comment était-ce possible ?* s'interrogea-t-elle, complètement mortifiée.

— C'est toi et ce Nate, fit inutilement observer Rufus, le visage contorsionné par la fureur.

C'était un père libéral. Il laissait Dan fumer dans sa chambre et boire tout ce qu'il voulait. Il avait laissé Jenny acheter sa première paire de semelles compensées quand elle avait neuf ans. Mais Jenny était toujours son bébé et la voir faire des galipettes à moitié nue avec un garçon sur Internet était plus que suffisant pour le faire redescendre sur terre.

Muette d'horreur, Jenny fixa l'écran où la scène repassait en boucle. C'était son chapeau, son string, son cul sur lequel Nate collait sa bouche, puis tous les deux qui roulaient dans la neige, emmitouflés dans son manteau. Ça avait été un moment si intime, si exceptionnel, mais voilà que maintenant il était au vu et au su du monde entier – y compris son père et son frère. Elle laissa échapper un petit halètement aigu et sortit de la chambre à toute vitesse.

Rufus fixa l'écran un peu plus longtemps puis darda un regard noir sur son fils.

— Tu étais au courant ?

Dan fit non de la tête, bien qu'il se sentît quelque peu responsable. Il avait été tellement distrait par sa panne d'inspiration et par ses discussions interminables pour savoir s'il devait coucher avec Vanessa qu'il n'avait pas protégé Jenny de ce salaud de riche qui les prenait au berceau.

— Bien, à partir de maintenant, je veux que tu la surveilles, grogna Rufus. J'ai beau être indulgent, je ne veux pas qu'elle traîne comme une espèce de pouffiasse.

Dan hocha solennellement la tête et Rufus lui tapota l'épaule puis se dirigea vers la chambre de Jenny, qu'il trouva allongée à plat ventre sur son lit, la tête enfouie dans un oreiller doux en plumes d'oie, entourée des portraits de son Nate adoré.

— Jennifer. (Son père maîtrisa sa voix du mieux qu'il put.) Je n'aurais jamais cru que je devrais en arriver là mais tu ne m'as pas laissé le choix. Tu es privée de sortie pour le reste des vacances. Pas de cinéma. Pas d'argent de poche. Pas de coups de fil. Pas d'e-mails. Rien de rien. Et sûrement aucun contact avec cet individu. Dan te surveillera de très près et s'assurera que tu ne fais pas le mur car, de toute évidence, on ne peut pas te faire confiance.

Jenny s'assit sur son lit. Son visage était couvert de marbrures et sa lèvre inférieure tremblait.

— C'est pas juste ! protesta-t-elle. Je sais pas qui a fait ça ! C'est pas de ma faute ! Nate et moi, on s'aime ! Il m'a amenée voir *Casse-Noisette* ! On n'a rien fait de mal !

Rufus la fit taire d'un signe de la main.

— Tu es trop jeune, tu ne connais rien sur rien, surtout pas sur l'amour, dit-il d'un ton bourru en se raclant la gorge.

— Mais, papa, je savais pas qu'on nous filmait, l'implora Jenny en serrant son panda contre elle.

Rufus arqua ses sourcils broussailleux poivre et sel et caressa son menton pas rasé de plusieurs jours.

— Parce que tu crois que ça excuse quoi que ce soit ?

— Je m'en fous ! s'écria Jenny en jetant son panda par terre et en laissant libre cours à une crise de larmes de colère. Je me fous de ce que tu penses ! On n'a rien fait de *mal* !

Rufus s'accroupit et prit sur son étagère un exemplaire d'*Anna Karenine* qu'il lui avait donné l'été dernier. Il se releva et le jeta sur son lit :

— Je vais te dire ce que je pense, beugla-t-il. Je pense que tu as besoin d'être enfermée et de lire plus de livres !

Jenny regarda le livre méchamment et, comme un enfant, lui donna des petits coups jusqu'à ce qu'il glisse du lit et tombe sur le sol de bois dur. Rufus secoua la tête, écœuré, puis sortit et claqua la porte derrière lui avant qu'il ne perde la face pour de bon.

Dan écouta tout de sa chambre, les yeux toujours rivés à la scène qui repassait en boucle sur son écran. Maintenant qu'il s'était remis du choc initial de voir sa toute petite sœur jouer dans un film porno sur le Web, il remarqua quelque chose d'horriblement familier dans le jeu de la caméra. Les angles inhabituels. La façon dont la caméra faisait des plans serrés, les images presque abstraites puis ce panoramique si large que Jenny et Nate n'étaient plus qu'une tache qui s'agitait dans la neige blanc pur. C'était l'œuvre de Vanessa Abrams, Dan en mettrait sa main au feu.

Il éteignit son ordinateur d'un coup, écœuré d'avoir regardé si longtemps mais encore plus écœuré par Vanessa et Jenny. Comment ces deux-là avaient pu devenir de telles… Dan attrapa son carnet noir et pensa instantanément à un nouveau mot pour commencer son exercice contre la hantise de la panne blanche. Stylo en main, il écrivit :

Salopes.

n tient une petite réunion

On pourrait croire qu'avoir une maison de campagne dans un bled aussi loin de la ville que Mount Desert Island, dans le Maine, vous couperait quelque peu du monde, mais Mount Desert regorgeait d'immenses « cottages » que possédaient les plus vieilles familles argentées de New York. Les enfants avaient joué ensemble tous les étés et toutes les vacances depuis le jardin d'enfants. Au lycée, ils avaient fréquenté, pour la plupart, différents pensionnats de la côte Est et, de fait, quand ils se retrouvaient sur l'île, c'était comme une espèce de réunion. Le 4 juillet, grande fête nationale américaine, bon nombre d'entre eux allumaient un feu de joie sur la plage et faisaient exploser des feux d'artifice qu'ils avaient fait venir du Canada en contrebande. Et tous les 24 décembre, Nate retrouvait les deux mêmes lascars avec qui il fumait de l'herbe à la pipe dans sa salle de jeux.

La salle de jeux comportait des lambris de chêne, une énorme cheminée de pierre et un sol d'ardoise chauffé par des tuyaux de cuivre en dessous. D'impressionnants bois de cerfs et d'élans ornaient les murs, bêtes que le grand-père de Nate avait lui-même chassées. Un bar de chêne était rempli de scotchs dix-huit ans d'âge et de rares cognacs européens et il y avait une cave à vin dans laquelle vous vous rendiez en descendant une échelle par une trappe sous le tapis persan tissé à la main. Un billard d'époque en acajou aux pieds richement sculptés et au tapis de feutre rouge trônait au milieu de la pièce.

Nate fournissait la pipe à shit. Il l'avait depuis ses treize ans et elle était recouverte de sparadrap à l'effigie de Looney Tunes. Les deux autres garçons la regardèrent avec un sourire jusqu'aux oreilles, comme si c'était un vieux pote qui avait fumé encore plus de shit qu'eux.

— Mec, dit John Gause qui avait apporté l'herbe, c'est bon de te revoir !

John portait un gilet en peau de mouton brun clair, un jean délavé boot cut, et des bottes de cowboy en cuir brun clair. Pas génial comme look, à moins que vous ne soyez le mec de la pub Marlboro ou un mannequin pour Ralph Lauren, et il n'était ni l'un ni l'autre.

Une semaine avant les examens de fin de semestre, John s'était fait expulser de Deerfield pour avoir vendu de la drogue et il rentrait tout juste de dix jours passés dans un ranch-hôtel dans le Wyoming où on l'avait envoyé pour apprendre les vraies valeurs telles que l'honnêteté, la confiance et le respect de son prochain.

Nate bourra la pipe et la tendit à Ryan O'Brien qui n'avait que quinze ans mais qui était un pire consommateur de marijuana que Nate et John réunis. Après s'être fait virer de St. Jude la première semaine de l'année scolaire, Ryan était allé à la Hanover Academy, le pensionnat qu'avait fréquenté Serena.

— Je trouve que tu as mûri, dit Nate à Ryan. (Puis s'adressant à John :) Tu trouves pas que Ryan fait plus adulte ?

Ryan alluma son briquet au-dessus de la pipe. Il mesurait un mètre quatre-vingt-dix et avait des cheveux bruns frisés qui lui arrivaient aux épaules presque comme ceux de Flow, en plus foncés.

— Va te faire mettre ! dit-il en remontant son baggy gris Burton.

Nate attendit que Ryan fume puis lui passe la pipe. Le soleil se couchait et les fenêtres de la salle de jeux étincelaient d'un rose brillant. Il avait beaucoup neigé cet hiver et l'immense maison était nichée dans un amoncellement de neige de deux mètres et demi. Au-dehors, il n'y avait pas d'alarmes de voitures qui se déclenchaient ni de bus qui passaient en vrombissant. C'était le calme absolu. Mais si Nate écoutait bien, il pouvait percevoir le bruit des vagues de l'océan se fracasser contre les rochers. Il adorait ce bruit. Parfois la nuit, il s'allongeait dans son lit et se contentait d'écouter le clapotement.

Il fuma une taffe, recouvrant le dessus de la pipe pour que la fumée ne se sauve pas puis reprit une bouffée, se félicitant d'avoir passé deux heures entières dans la journée à potasser ses dossiers d'inscription à la fac et d'avoir rempli les parties les plus faciles. Il expira, passa la pipe à John puis ferma les yeux. Quel bonheur d'être loin de la ville – loin du lycée et de tous ceux qui parlaient non-stop de l'avenir. Ici, il pouvait tout simplement se détendre et prendre son pied sans se soucier des examens ou de la fac ou répondre à qui que ce soit.

John finit de fumer et reposa la pipe sur le billard.

Il attrapa la boule blanche et la fit rouler dans sa main.

— Alors, Nate, commença-t-il, c'est quoi ce film porno sur Internet ?

Nate le regarda en clignant doucement des yeux, comme un lézard cillant au soleil.

— Hein ?

Ryan alluma une Marlboro Light et souffla quelques ronds de fumée au plafond aux poutres apparentes.

— Tu sais, le pressa-t-il, toi et cette petite meuf aux cheveux châtains frisés et aux énormes nibards ?

Nate hocha la tête. Il savait de qui parlait Ryan mais l'espace d'une nanoseconde, il ne se rappela plus son prénom.

— Jennifer, fit-il, s'en souvenant brusquement.

— Ouais, ça doit être ça, Jennifer, dit Ryan. T'as pas vu le lien ?

Nate secoua la tête.

— Quel lien ?

John attrapa une queue de billard sur le porte-queues au mur et la fit tournoyer entre ses mains comme une baïonnette.

— Le lien dont tout le monde parle, mec ! (Il rit.) J'arrive pas à croire que tu l'aies pas vu !

Ryan s'empara du petit cube de craie bleue, le mit sous son nez et le renifla comme seul un mec raide défoncé le ferait.

— C'est, genre, tout un film sur toi et cette gonzesse, cette Jennifer, lui expliqua-t-il. Genre, vous *baisez* à Central Park !

Nate tint la pipe devant son visage. Il ne se souvenait pas d'avoir baisé Jennifer au parc. Il ne se souvenait pas d'avoir baisé Jennifer tout court. Tout ce dont il se rappelait, c'étaient ces hallucinants portraits de lui qui ornaient les murs de sa chambre. Il secoua sa tête lourde de camé et gloussa intérieurement. Un film porno sur le Net ? Elle était bien bonne, celle-là ! Ses potes le chambraient tout le temps. Chassant tout cela d'un haussement d'épaules, il colla ses lèvres au tuyau de la pipe et l'alluma, prenant une bonne et longue dose de Noël. Il était en route vers un endroit hyper relax, un endroit où Jennifer et ses portraits de folie n'étaient que de toutes petites taches floues au loin.

L'interphone de la salle de jeux crépita. La voix de country-club de Nouvelle-Angleterre du père de Nate emplit brusquement la pièce.

— Ta mère et moi servons des cocktails dans le grand salon. Veux-tu te joindre à nous ?

Ça aurait pu casser l'ambiance mais Nate prenait toujours son pied à glander avec ses aristos de parents quand il était déchiré. Ils concoctaient des cocktails extraforts et, en plus, c'était le 24 décembre.

Nate tendit la pipe à John et appuya sur le bouton de l'interphone.

— J'arrive tout de suite. (Il relâcha le bouton et gratifia John d'un signe de tête.) Vas-y. Encore un coup et après, vous feriez mieux de vous barrer, les mecs !

Ryan et lui observèrent John fumer sa dernière taffe.

— Alors toi et cette Jennifer, vous, euh, sortez toujours ensemble ? lui demanda Ryan.

Nate attrapa la boule huit et la fit rouler sur le billard. Il tenta de se souvenir où il avait laissé les choses avec Jennifer mais tout ce dont il se rappelait, c'était du panda en peluche qui trônait sur son lit.

Drôle qu'il oublie tout le temps l'épisode du « je t'aime ».

— Non, répondit-il. Pas vraiment.

John finit de fumer et Nate fit sortir ses camarades de la salle de jeux par la porte de derrière. Puis il verrouilla la porte, planqua la pipe dans une vieille boîte de Triscuits sous l'évier du bar et monta à l'étage boire un gin-tonic et manger des huîtres fraîches du Maine avec ses parents.

la surprise de la mère d'o leur en bouche un coin

Olivia avait pris sa douche et enfilé sa nouvelle robe rose vaporeuse de chez Calypso. Assise dans la véranda, elle fumait une Merit en attendant que Serena se prépare tout en pensant à Audrey Hepburn.

Comme si elle ne pensait pas *toujours* à Audrey Hepburn.

Autre chose qu'elle aimait chez Audrey et qu'elle souhaitait développer dans sa dissertation pour la fac, c'était sa grande souplesse. Quel que soit le décor dans lequel elle se retrouvait embringuée ou le genre de costume qu'elle devait porter – comme la tenue de tweed très institutrice dans la scène de la librairie de *Drôle de frimousse* ou le chapeau incroyable et la robe de dentelle de la scène d'Ascot de *My Fair Lady* –, elle semblait parfaitement dans son élément, s'adaptant au décor tout en conservant en même temps son *Audreytude* cool.

Olivia aimait à penser *qu'elle* pourrait faire la même chose quand elle irait à l'université. Vu qu'elle et Nate ne vivraient manifestement plus ensemble dans un appartement à l'extérieur du campus à New Haven, elle devrait très probablement cohabiter avec une camarade de chambre quelconque en résidence universitaire. Elle devrait manger dans un réfectoire et serait obligée d'aller en cours. Mais jamais, au grand jamais elle ne se rabaisserait à porter des sweat-shirts Yale extralarges et un sac à dos. Elle conserverait sa dignité, son sens de l'élégance et son *Oliviatude* hors du commun.

La jeune fille tira sur sa cigarette et tenta d'imaginer Audrey à Yale, dans le déshabillé noir de *Diamants sur canapé*, avec ses gants noirs qui lui arrivaient aux coudes et son collier de perles et de diamants.

Puis elle eut une illumination. Voilà ce qu'elle ferait dans sa dissert : elle *écrirait un scénario* dans lequel Audrey jouerait le rôle d'une étudiante de Yale !

Mme Glos lui avait conseillé d'être plus créative. Eh bien, vous ne pourriez l'être plus ! Olivia se leva d'un bond et ouvrit à la volée la porte grillagée de la villa, impatiente de se mettre à écrire sur-le-champ. Elle pourrait zapper cette soirée du réveillon de Noël à la con ! Entrer à Yale était *beaucoup* plus important.

Devant le miroir, Serena nouait un paréo bleu-vert orné de perles autour de sa taille. Elle portait encore son bikini blanc mouillé et ses cheveux étaient pleins de sable.

— Je croyais que tu te changeais, lui fit remarquer Olivia.

Serena fronça les sourcils.

— J'ai pas envie.

Tout le monde s'attendait à ce qu'elle se pomponne et se fasse toute belle pour Flow mais franchement, à quoi bon se donner ce mal ?

Le fait était que Serena était de toute façon dix

fois plus belle que n'importe quelle autre fille sur l'île, quoi qu'elle porte.

— Alors tu mets ton maillot de bain ? lui demanda Olivia, confuse.

— Oui oui, acquiesça son amie.

Olivia attrapa son iBook dans son sac et s'affala sur son lit.

— Je pense que tu es dans le déni.

Serena se vautra à côté d'elle.

— Peut-être. (Elle jeta un œil inquisiteur à sa copine qui tapait déjà sur le clavier.) Qu'est-ce que tu écris ?

— Un scénario. (Elle tapa son nom et la date du 24 décembre en haut de la page puis le titre provisoire : *Audrey va à l'université.*) Je crois que je vais zapper la soirée pour pouvoir bosser dessus.

— C'est pas toi qui parlais de déni ? Miles est complètement surexcité à l'idée de sortir avec toi ce soir et y a pas moyen que j'aille seule à ce truc, déclara Serena. (Elle posa sa tête sur l'épaule de son amie.) Tu ne veux pas passer un réveillon cool ?

Olivia mâchouilla sa lèvre inférieure.

— Si, mais je veux surtout rentrer à Yale.

Serena tendit la main et ferma le portable d'un coup.

— Je vais tout faire pour que tu aies *tout* ce que tu veux, s'écria-t-elle en se relevant d'un bond et en faisant se remettre son amie debout. Tu viens ?

Olivia soupira. Serena avait l'incroyable capacité de passer de boudeuse à toute guillerette en un battement de cils.

— O.K., soupira-t-elle. Mais si je rentre pas à Yale, ce sera entièrement de ta putain de faute.

Miles et Aaron attendaient les filles au bar. Aaron avait arrangé ses dreadlocks de telle sorte qu'elles étaient toutes plates sur les côtés de sa tête et toutes droites sur le dessus. Il portait une veste de lin noir sur un T-shirt gris et un pantalon de lin noir et, s'il n'avait pas été son demi-frère, Olivia aurait presque pu le trouver mignon.

Quant à lui, il la trouvait plus que mignonne. Son bronzage s'était accentué, et le soleil avait parsemé ses cheveux châtain foncé de mèches dorées. Sa robe rose était ample mais le tissu vaporeux moulait son corps juste là où il fallait. Elle avait l'air d'une déesse mais, bien sûr, il ne pouvait pas le lui dire. Il redoutait tellement de sortir quelque chose de déplacé qu'il était devenu presque un robot dans les relations qu'il entretenait avec sa demi-sœur.

— On ferait mieux d'aller s'asseoir, dit-il à personne en particulier. Ta mère et mon père ont une grosse surprise dont ils veulent nous parler. Ils vous attendent depuis près d'une heure.

Olivia passa en revue la salle de dîner comble où sa mère, Cyrus et Tyler étaient déjà assis à table.

— Oh, mon Dieu, j'ai hâte ! S'il te plaît, je peux pas boire un verre d'abord ? l'implora-t-elle.

— Tant que tu le bois vite, dit Aaron, se laissant fléchir.

Comme si cela posait problème…

Miles sourit à Olivia.

— Tu es vraiment jolie.

Aaron se frappa en silence. Pourquoi ne le lui avait-il pas dit *lui-même* ?

Miles aussi était plutôt beau, campé dans une

chemise de soirée Armani noire aux boutons blancs, un pantalon de coton blanc crème, et des sandales de cuir – look que seuls des mecs à l'élégance certaine pouvaient se permettre. Olivia lui rendit son sourire malgré elle. Finalement elle ne regrettait pas d'être venue à la soirée.

— Merci.

Serena ajusta son paréo et balaya la salle du regard à la recherche de Flow. Quelques tables avaient été poussées dans les coins pour faire de la place à une piste de danse et une scène équipée des instruments du groupe 45, des amplis et des micros avaient été installés près de la piscine. Mais le groupe restait invisible.

— Ils ne commencent pas à jouer avant neuf heures, dit Aaron, lisant dans ses pensées. J'ai demandé au barman.

Serena ne répondit pas. Ce ne serait que dans vingt minutes et, en plus, on ne pouvait pas dire qu'elle mourait d'envie que Flow fasse son apparition.

Olivia lampa d'un trait sa vodka-tonic et tendit le verre vide à son demi-frère.

— C'est bon, je suis prête.

Le restaurant de l'Île de la Paix était l'endroit où il fallait se montrer un 24 décembre. À l'autre bout de la salle, le super top-model anglais le plus célèbre au monde faisait manger de la soupe de poissons à son bambin et, à côté d'eux, la star de la série T.V. *Friends* enceinte jusqu'aux dents tenait la main de son acteur hollywoodien super bien foutu de mari. Le reste de la salle à manger était bondé de gens bronzés en tenues de vacances griffées, dégustant le dîner spécial réveillon de Noël composé d'un lutjanidé entier rôti avec la tête et la queue intactes, de pommes de terre nouvelles pourpres en manteau de caviar, et de poireaux sauvages braisés.

— Ne t'inquiète pas, mon chéri, dit Eleanor à Aaron quand ils s'assirent. Nous t'avons commandé un menu spécial.

Cyrus commanda deux bouteilles de Cristal et le serveur revint avec des flûtes à champagne qu'il remplit.

La mère d'Olivia gloussait et jetait des coups d'œil furtifs à son époux. Il caressa sa main pour la rassurer et elle s'éclaircit la gorge.

— Très bien. Je ne crois pas pouvoir garder le secret plus longtemps. (Eleanor prit une profonde inspiration et s'assit bien droit.) Cyrus et moi allons avoir un bébé.

Olivia était en train de réfléchir à la façon de commencer la première scène de son scénario lorsque les paroles déconcertantes de sa mère détonèrent dans son cerveau, bouleversant à tout jamais son univers. Son visage se contracta convulsivement dans un mélange d'incrédulité et de dégoût quand elle posa les yeux sur sa mère.

Pardon ?

— Je sais que quarante-sept ans, c'est un peu âgé pour être enceinte, même à New York, mais le médecin m'a assuré que j'étais en parfaite santé et que je n'avais aucun souci à me faire. (Elle partit d'un rire idiot.) À part que je vais devenir grosse comme une baleine !

L'espace d'un instant, tout le monde se tut. Cyrus passa son bras autour d'Eleanor et la serra.

— Ne parlez pas tous à la fois, plaisanta-t-il, mal à l'aise, caressant son gros ventre de sa main libre.

— C'est trop génial ! s'exclama Serena qui ne voulait pas être malpolie, brisant le silence avec le maximum de jovialité qu'elle parvint à trouver.

Elle sauta de sa chaise et se pencha sur la table pour embrasser Cyrus et Eleanor sur la joue, tout en donnant par la même occasion au reste de la salle une bonne vue de son ventre nu. Olivia avait envie de la rouer de coups. Serena n'aurait pas été aussi joyeuse s'il s'était agi de sa propre mère, elle en était sûre.

— C'est pour quand ? demanda Serena en se rasseyant.

Eleanor lui rendit un sourire rayonnant.

— Le 18 juin.

Olivia ne tâcha même pas de trouver quelque chose à dire. Elle avait l'impression qu'un palmier volant venait de la frapper à la tête et il y avait peu de chances qu'elle retrouve la parole.

Aaron jeta un coup d'œil anxieux à sa demi-sœur puis leva sa coupe de champagne et sourit à son père et à sa belle-mère.

— Félicitations, dit-il, espérant qu'Olivia se joindrait à lui.

Mais naturellement, elle n'en fit rien. Pas même lorsqu'il lui donna un petit coup au tibia sous la table. À côté d'Olivia, Miles tapotait la table de ses longs doigts et s'agitait, mal à l'aise, dans sa chaise, souhaitant pouvoir se téléporter jusqu'au bar. Il avait beau être ami avec Aaron depuis la troisième, tout cela était un peu trop intime pour lui.

Eleanor tendit la main et prit les doigts raides de sa fille entre les siens.

— J'espère que tu vas changer d'avis et prendre le nom de Cyrus, maintenant, ma chérie, dit-elle. Nous allons former une grande famille sympa.

Tyler et Eleanor avaient tous deux changé de nom pour prendre celui de Cyrus quand Eleanor avait épousé celui-ci mais Olivia avait refusé. *Olivia Rose ?* Non merci. Ça faisait nom de parfum spécialement conçu pour Kmart.

— Bien sûr, tu n'es pas obligée de te décider maintenant, ajouta Eleanor.

La jeune fille ôta sa main de celle de sa mère. Si elle n'avait pas été coincée sur la banquette de cuir blanc entre Serena et Miles, elle se serait précipitée aux toilettes pour dames pour gerber. À la place, elle prit sa flûte de champagne et la descendit d'un trait.

— Où va dormir le bébé ? s'enquit Tyler. (Il tartina de beurre un morceau de baguette qu'il fourra dans sa bouche.) Maintenant qu'Aaron a la chambre d'amis.

Eleanor et Cyrus se regardèrent comme s'ils n'avaient pas réfléchi à cela avant. Eleanor haussa les épaules.

— Eh bien, Olivia et Aaron vont tous les deux entrer à la fac à l'automne. Je suis sûre que ça ne les dérangera pas de partager la chambre d'amis quand ils rentreront à la maison. Et ensuite, nous pourrons transformer la chambre d'Olivia en chambre de bébé !

Aaron sentit ses joues s'empourprer. Olivia plissa les yeux en regardant sa mère et sa coupe blond au carré à la con coincée dans son bandeau collet monté. Et par-dessus le marché, ils allaient lui piquer sa chambre pour héberger leur ignoble progéniture de l'enfer maudit ?

Elle était fin prête à dire quelque chose pour fermer le clapet de sa mère avant de se ruer aux toilettes pour dégueuler toutes ses tripes mais, sans aucun préambule, les quatre membres du groupe 45 entrèrent tranquillement en scène, attrapèrent leurs instruments et improvisèrent un bœuf. Et la musique était forte. Fantastiquement forte. Assourdissante.

Miles attrapa la main d'Olivia.

— Tu veux danser ?

Sans lui répondre, celle-ci se leva d'un bond et faillit arracher la nappe d'un coup sec en entraînant le jeune homme avec elle.

Le groupe n'avait pas remporté le MTV Award parce qu'ils étaient mous – bien au contraire, ils déchiraient ! Et en aucun cas Serena n'allait rester assise à table pendant qu'ils jouaient. Elle prit Aaron et Tyler par la main et les tira de leurs sièges.

— Allez, les mecs ! s'écria-t-elle. Venez danser avec moi !

Dès que ses pieds nus touchèrent la piste de danse, elle ferma les yeux et laissa la musique prendre possession de son corps, jeta sa tête blonde en arrière, remua les hanches et tapa du pied avec une belle désinvolture. Dans son bikini blanc et son minuscule paréo bleu-vert, elle avait tout d'une sirène échappée de la mer. Flow ne la quittait pas des yeux quand il chanta à tue-tête les paroles de son tube « Karnage ». Elle était toutes les femmes qui l'avaient jamais inspiré. La fille de ses rêves.

Olivia expulsa toute son énergie et sa colère en dansant, battant du poing dans le vide, tapant du pied par terre, jetant sa tête dans tous les sens et fouettant Miles au visage avec ses longs cheveux châtain foncé, dans un style très anti-Audrey. Sa robe rose collait à sa peau moite de sueur mais elle se fichait bien de son apparence. Non pas qu'elle fût laide. Miles la dévorait du regard.

Le troisième morceau était un slow et la piste de danse s'emplit à mesure que des couples plus âgés les rejoignirent. Serena fit un shimmy vers Tyler dans un grand sourire et lui fit placer ses mains sur ses hanches nues. Tyler rougit mais ne la lâcha pas. Il savait quelle chance il avait. Même les gosses de onze ans ont de la testostérone.

Le morceau était lent et sexy et Miles fit glisser ses mains sur la taille d'Olivia et rapprocha sa tête de sa poitrine. Elle ne recula pas. Au contraire, elle se colla bien fort à lui. Son esprit était tellement empli de rage et de désespoir qu'elle tremblait. Elle ne voulait penser à rien, elle voulait juste se sentir bien et Dieu merci, putain, elle se trouvait avec Miles, un type qui, O.K., n'était pas Nate mais qui était carrément excitant, bordel, et elle l'aimait bien, ou du moins, *en ce moment* elle l'aimait bien. Elle retira sa tête du torse du jeune homme et leva les yeux sur son regard noisette en amande, laissant le champagne et la vodka l'enivrer. Avant qu'elle ne puisse se maîtriser, elle approcha son visage du sien et lui fit un long baiser fougueux, tandis que leurs corps se balançaient d'avant en arrière au rythme de la musique.

Aaron se tenait près du bar, regardant alternativement Olivia et Miles puis les quittant des yeux, quand il descendit un premier petit verre de tequila puis un deuxième. Il était reconnaissant à son pote de parvenir à redonner le sourire à Olivia même si lui n'y arrivait pas. Ils dansaient si près l'un de l'autre que ça en était obscène mais la chanson n'allait pas tarder à se terminer. Ça ne lui ferait pas de mal de s'incruster dès le prochain morceau. Il alluma une cigarette aux plantes, tira deux taffes rapides puis l'écrasa dans un cendrier ; il se fraya ensuite un chemin à travers les couples d'âge mûr au bord de la piste tandis que Flow jouait les dernières notes du morceau.

Mais lorsque Aaron arriva à l'endroit où dansaient Miles et Olivia, ils s'en allaient déjà d'un pas nonchalant, dans les bras l'un de l'autre, longèrent les hibiscus qui bordaient la piscine puis descendirent le chemin en direction de la villa.

Aaron resta planté au milieu de la piste bondée, les mains dans les poches de son pantalon de lin noir, les observant s'en aller. Il n'arrivait pas à croire que ça avait été une bonne idée d'inviter son copain à St. Bart, en fait.

Le groupe accéléra le tempo avec « Kiss, Kiss, Kiss », un de leurs tubes *dance* sur un rythme ska rétro. Virevoltant toujours comme un petit jouet électrique, Serena se dirigea en trombe vers Aaron et décrivit des petits cercles en dansant autour de lui.

— Allez, rabat-joie ! Enlève ce pantalon de naze et viens danser ! cria-t-elle.

Aaron lui fit un sourire penaud et la laissa l'entraîner parmi la foule de danseurs en sueur qui se contorsionnaient dans tous les sens. Il avait besoin d'une distraction, et Serena pouvait être extrêmement divertissante quand elle voulait. Il ôta sa veste d'un coup et la balança en l'air, ses dreadlocks s'agitant à mesure qu'il se trémoussait au rythme de la musique.

Le paréo de Serena se détacha et tomba par terre mais elle continua à danser sur une musique de plus en plus forte et un tempo qui s'accélérait, secouant ses cheveux blonds décoiffés et balançant les bras au-dessus de sa tête. Elle aimait la façon dont Aaron se servait de son corps quand il dansait. Tant de mecs se contentaient d'agiter la tête et de se balancer d'un pied sur l'autre mais Aaron était un danseur-né. Et en plus il était mignon comme tout ce soir, dans son pantalon de lin noir, ses dreadlocks hérissées sur le sommet de son crâne. Elle dansa un peu plus près de lui, respirant son odeur tandis qu'elle agitait les hanches. Pourquoi n'avait-elle jamais remarqué à quel point il était mignon ?

Flow les observa danser, modifiant la *playlist* dans sa tête. C'était suffisamment pénible de voir l'amour de sa vie danser à moitié nue avec d'autres mecs que s'assurer qu'il n'y ait plus d'autres slows était le moins qu'il puisse faire.

Trop tard. Parce que certaines personnes dansaient déjà leur propre slow. En privé. Au lit.

o décide de la perdre une bonne fois pour toutes

Peut-être était-ce la chaleur. Ou peut-être parce que sa vie était un tel bordel qu'elle voulait faire quelque chose de radical pour la changer. Quelle que fût la raison, Olivia savait que si elle suivait Miles dans sa villa, c'était dans un seul et unique but : baiser.

En fait, c'était *lui* qui *la* suivait. Elle le tirait pratiquement.

— Tu ne préférerais pas qu'on aille dans ta chambre ? lui demanda Miles sur la route, car Aaron, Tyler et lui avaient plus ou moins dégueulassé la leur.

Olivia estimait qu'elle devrait laisser la villa à Serena, au cas où elle en aurait besoin pour échapper à Flow.

— Serena en aura peut-être besoin, dit-elle. Tu crois que ça dérangera Aaron ?

— Non. (Il referma la porte grillagée derrière eux.) Je commençais à croire que je ne te plaisais pas tant que ça.

Il grimaça quand il alluma la lumière. Le sol était jonché des fringues des trois garçons et de CD. Il y avait même une banane à moitié mangée sur sa table de nuit que les femmes de chambre avaient oubliée quand elles avaient rabattu les draps en laissant du chocolat à la menthe sur les oreillers.

Une banane à moitié mangée ? Que c'est romantique !

Mais Olivia s'en fichait. Elle fit glisser ses sandales lacées Jimmy Choo et ôta sa robe par la tête, la laissant tomber par terre parmi les fringues des garçons. Il ne restait plus qu'à enlever le string rose La Perla qui dévoilait presque tout sous sa robe.

— Je suis toute à toi, dit-elle de sa voix la plus sensuelle en tombant sur le lit de Miles. Viens par ici !

Le jeune homme ôta sa chemise, ses chaussures et s'allongea à côté d'elle. Il attrapa le chocolat à la menthe sur l'oreiller, défit la feuille d'or et lui en mit dans la bouche.

Olivia ne toucha pas au chocolat, attrapa la tête de Miles et l'embrassa, fourrant le chocolat entre ses dents avec sa langue. Imiter Audrey Hepburn dans *Diamants sur canapé* ne l'intéressait plus. Audrey c'était terminé, elle appartenait au passé. Elle était 100 % Debbie à présent, dans le célèbre film porno *Debbie Does Dallas*.

D'une main elle attrapa la ceinture de toile blanche du jeune homme et glissa l'autre sous l'élastique de son string qu'elle enleva d'un coup sec.

Bonjour, femme ! Adieu, jeune fille !

Quelques chansons plus tard, Serena, Aaron et Tyler allèrent se rasseoir à leur table pour dîner.

— On s'amuse bien, pas vrai ? fit Eleanor d'un ton joyeux.

Elle avait englouti toute son assiette de lutjanidés

rouges, de pommes de terre nouvelles au caviar et de poireaux sauvages et s'attaquait déjà à son soufflé au chocolat chaud. Quel bonheur que les enfants s'éclatent ! Elle se fichait même qu'Olivia et le magnifique copain d'Aaron ne soient pas revenus dîner.

Aaron regarda son assiette d'épinards froids tout desséchés et de poireaux braisés en fronçant les sourcils.

Tyler arracha la tête de son poisson et la fit voler dans l'air comme une torpille vers son demi-frère.

— Attention ! hurla-t-il. Poisson volant !

— Tyler Waldorf Rose ! siffla Eleanor.

Aaron attrapa la main de Tyler et la tête du poisson mutilé atterrit dans son assiette. Il grimaça.

— C'est bon. Je n'avais pas faim de toute façon.

Serena ignorait pourquoi Aaron était de si mauvaise humeur mais elle voulait l'aider.

— Tiens, lança-t-elle en supposant qu'il mourait de faim. (Elle choisit l'une de ses pommes de terre et l'attrapa avec sa serviette.) Tu en mangeras si j'enlève tout le caviar ?

Elle était tellement occupée à préparer la pomme de terre d'Aaron qu'elle ne remarqua même pas que le groupe avait fait un break et que Flow se dirigeait vers sa table.

— Serena ? fit-il en surgissant derrière elle.

La jeune fille leva les yeux. Flow portait un marcel noir, son collier en dents de requin, et son cou et ses épaules ruisselaient de sueur. Ses cheveux bruns bouclés tombaient sur ses yeux, ses joues luisaient comme du bronze ciré et son regard bleu étincelait d'adrénaline.

Serena donna sa patate à Aaron, attrapa sa fourchette et fourra un morceau de poisson dans sa bouche.

— Salut, fit-elle d'un ton enjoué, la bouche pleine.

Flow jeta un œil à Eleanor et Cyrus.

— Bonsoir, leur dit-il.

— Voulez-vous vous asseoir, fiston ? lui proposa Cyrus. Vous devez être crevé. Fantastique, ce que vous avez fait ! Fantastique !

Comme s'il connaissait quoi que ce soit au rock'n'roll.

Flow secoua la tête.

— Merci mais je dois y retourner dans une minute. (Il se tourna vers Serena, le front extrêmement plissé.) La musique te plaît ?

Serena rit et prit une autre bouchée de poisson. Ne l'avait-il pas vue se déchaîner sur la piste ?

— Ouais, vous êtes trop top, les mecs ! Vous déchirez !

Flow eut l'air soulagé.

— Bien. O. K. On va jouer deux, trois autres morceaux et ensuite, j'espérais pouvoir t'offrir un verre, et peut-être te donner ton cadeau de Noël ?

Serena but une gorgée d'eau. Avoir autant dansé l'avait lessivée. Et en plus, ce n'était pas encore Noël.

— En fait, je suis vraiment crevée. Si on se retrouvait demain au petit déjeuner ? De toute façon, tu ne dois pas m'offrir mon cadeau avant Noël !

— Le petit déjeuner ? dit Flow d'un air dubitatif.

Après tout, c'était une rock-star. La plupart du temps, il ne se levait jamais avant midi.

— Ouais. Vers dix heures, dix heures et demie ? pépia Serena. Ce sera cool !

Le bassiste joua un accord et le batteur tapa sur sa batterie, informant le chanteur que le groupe l'attendait.

— O.K., dit-il. (Il se pencha, ferma ses yeux bleus aux cils recourbés et déposa un baiser sur les lèvres de Serena.) N'oublie pas !

Serena lui fit un sourire doux.

— Je n'oublierai pas.

La pièce s'emplit brusquement d'un bruit de potins.

« *Vous avez vu ?* »

« *Il paraît qu'elle sort aussi avec le bassiste !* »

« *Vous croyez qu'ils vont vraiment se marier ?* »

« *J'ai entendu dire qu'ils sont mouillés dans un gros trafic de drogue !* »

Quelques filles hurlèrent lorsque Flow bondit sur scène et attrapa sa Fender blanche. Il régla son micro avec ses longs doigts fins et regarda une fille de l'autre côté de la foule de spectateurs agglutinés.

— Celle-ci est pour Serena, murmura-t-il, les sourcils arqués d'émotion.

Puis il joua le premier accord de sa chanson préférée « Dark Knight ». Maintenant il comprenait l'origine des paroles et à qui elles étaient dédiées.

Girl, *tu es mon étoile qui brille,*
Je te suivrai partout
Chasserai tous les loups à tes trousses

*
* *

Serena s'assit bien confortablement dans son siège, observant Flow lui ouvrir son cœur. C'était difficile de pas être flattée. Il était si beau et, quand il montait dans les aigus, si sexy, qu'elle ne pouvait s'empêcher de sourire.

Aaron se leva brusquement de table.

— Tu veux danser ? lui demanda Serena pleine d'espoir.

Il secoua la tête.

— Je crois que je vais rentrer, marmonna-t-il.

Serena se leva. Aaron se comportait tellement bizarrement qu'elle se faisait du souci pour lui.

— Je t'accompagne, proposa-t-elle, oubliant complètement Flow.

Serena suivit Aaron hors de la piste de danse et ils se frayèrent un chemin à travers la foule rassemblée autour du bar. Avant qu'ils n'empruntent le chemin de la villa, elle aperçut un bref instant la mer verte et calme et la plage d'un blanc parfait qui étincelait au clair de lune : elle se rappela toutes ces nuits d'été passées dans la maison du père d'Olivia en bord de plage à Newport, quand elles buvaient des martinis puis partaient de la maison en trombe, direction le sable et l'eau claire et froide pour se baigner à poil.

Elle ne put résister.

— Allons nous baigner !

Aaron ne bougea pas.

— Non, dit-il. Vas-y toute seule.

— Tu es sûr ?

Il opina.

— Mais ne va pas trop loin.

— O.K. ! s'écria Serena en se mettant à courir.

Elle traversa la plage à toute allure, pataugea dans les vagues puis plongea, impatiente de sentir le courant froid de la mer la submerger de la tête aux orteils. Nageant comme un phoque, elle resta sous l'eau jusqu'à ce que sa tête finisse par resurgir à la surface puis elle prit une bouffée exaltée d'air nocturne. Qu'il est bon, parfois, d'être vivant.

ça craint quand vous ne retrouvez pas vos fringues

Olivia souhaitait tout simplement en terminer au plus vite mais Miles désirait prendre son temps, explorer chaque centimètre de son corps d'une façon quasi médicale, comme un dermatologue examinant sa peau pour trouver de l'eczéma ou un mélanome. Elle tâcha de se détendre et de savourer la sensation du jeune homme léchant son cou-de-pied mais tous deux étaient complètement nus et elle ne pouvait s'empêcher de se dire que si ça avait été Nate, ils auraient déjà fini depuis belle lurette.

Quand Nate était excité, il devenait un peu violent. Il ne lui faisait pas peur, non, il était tout simplement passionné, tremblait, et plus rien ne pouvait l'arrêter. Olivia avait toujours dû être très ferme quand elle lui disait non, qu'elle n'était pas prête à aller jusqu'au bout, puis devait trouver le moyen de le distraire.

Ah bon ? Comment par exemple ?

Cette fois, elle ne lui aurait pas demandé de s'arrêter et en ce moment, ils seraient dans les bras l'un de l'autre, regarderaient les étoiles par la fenêtre, fumeraient des cigarettes et parleraient nonchalamment de l'avenir.

Miles s'attaqua à son autre pied, mordit le bout de son gros orteil et donna des coups de langue sur la surface piquante du petit diamant à son orteil. Olivia tressaillit involontairement. Tout lui paraissait toujours si parfait quand elle était avec Nate. Ils étaient comme les pièces d'un puzzle. Ils s'imbriquaient parfaitement et quand ils étaient ensemble, tout le reste avait du sens. Voilà pourquoi ça n'avait plus aucun sens qu'elle soit allongée cul nu dans un lit de chambre d'hôtel, sur une île au beau milieu des Caraïbes pendant qu'un Miles à poil lui léchait les pieds et que Nate était tout seul dans le Maine à se geler les fesses et probablement, espérait-elle, à penser à elle.

Olivia extirpa d'un coup son gros orteil de la bouche du garçon et dégringola du lit.

Miles sortit la tête de sous le drap.

— Qu'est-ce qui ne va pas ?

— Faut que j'y aille, dit-elle sans même un regard pour lui.

Elle s'accroupit à la recherche de sa robe mais il faisait sombre et il y avait tant de bordel par terre qu'elle ne la retrouva pas.

Miles s'affala au bout du lit et l'observa en tapant des doigts sur ses jambes.

— J'essayais d'y aller doucement.

Non ? Pas possible ?!

Olivia l'ignora.

— Où est ma putain de robe ? marmonna-t-elle.

D'un seul coup, les lumières s'allumèrent et sa robe fut on ne peut plus visible par terre, en tas au pied du lit. Aaron se tenait sur le pas de la porte, mais au lieu de s'excuser vite fait et de sortir de la chambre comme l'aurait fait n'importe quel demi-frère, il fixa sa demi-sœur non-stop, sans la quitter des yeux.

Olivia fut tout d'abord hyper embarrassée. Puis, en deux secondes, sa gêne se transforma en colère. *Comment osait-il ?* Comment osait-il la regarder ainsi ? Il était son foutu demi-frère.

Aaron savait qu'il devrait tourner les talons et les laisser tranquilles mais ses pieds refusaient de bouger. Miles se pencha et attrapa la robe à ses pieds.

— Salut, vieux ! fit-il à son pote en lançant sa robe à Olivia.

Celle-ci l'enfila par la tête et se dirigea vers la porte.

— C'est quoi, *ton* problème ? siffla-t-elle en frôlant Aaron en sortant.

Si elle savait…

La villa que partageaient Serena et Olivia ne se trouvait qu'à six mètres de la leur – pas suffisamment loin, de l'avis d'Olivia. Elle longea les bungalows jusqu'à la plage et dès que ses pieds touchèrent le sable, elle se mit à courir. Elle se fichait bien d'avoir commandé sa robe rose chez Calypso sur mesure et d'avoir payé un supplément de cent cinquante dollars. Elle courut aussi vite que possible jusqu'à la mer et se jeta dans les vagues, ruinant sa tenue pour de bon. Prenant une gigantesque bouffée d'air, elle plongea sous l'eau en lançant son corps en avant de toutes ses forces, à l'aide de ses bras et de ses jambes. Puis, quand ses poumons furent sur le point d'exploser, elle sortit des flots, haletant, et ôta l'eau salée de ses yeux d'un battement de paupières.

La lune était claire et la musique de la soirée du réveillon de Noël résonnait sur l'eau. 45 avait cessé de jouer et un D.J. passait « Blame It on the Boogie », un vieux tube de Michael Jackson. Sur la plage, Olivia aperçut la silhouette floue d'une jeune fille, les pieds dans l'eau peu profonde, ressemblant à Halle Berry dans *Meurs un autre jour*, mais avec de longs cheveux blonds et un bikini blanc et non orange.

Évidemment c'était Serena.

— Où est Miles ? cria Serena, les mains en coupe sur sa bouche.

— Qu'est-ce que ça peut foutre ? hurla Olivia en marchant dans l'eau. Où est Flow ?

— Qu'est-ce que ça peut foutre ? cria son amie en retour.

Elles rirent toutes les deux et Olivia fit la planche pendant quelques secondes, regardant la lune. Puis elle se retourna et rejoignit Serena à la nage.

— Je crois que je vais rentrer demain, dit-elle en sortant de l'eau.

Elle avait un scénario à écrire et elle voulait travailler dessus sans être dérangée par son engrossée de mère, son cinglé de demi-frère ou son obsédé sexuel de copain.

Serena se garda bien de lui demander ce qui s'était passé.

— Mais demain c'est Noël, lui fit-elle remarquer. Ça va pas faire chier ta mère ?

Olivia essora ses cheveux qui dégoulinèrent sur le sable et laissèrent un sillon derrière elle.

— Comme si j'en avais quelque chose à faire. En plus Cyrus est juif.

Les deux filles descendirent doucement la plage pour regagner leur villa, savourant leur compagnie mutuelle et les bruits apaisants des vagues se brisant sur le rivage. Si seulement elles pouvaient continuer à marcher éternellement.

Quand elles arrivèrent enfin à la villa, elles trouvèrent ce qui ressemblait à une grande cage à oiseaux en fer forgé recouverte d'une housse en vichy rouge et blanc qui les attendait devant la porte.

Joyeux Noël !

Serena attrapa la cage par la poignée de cuivre et l'emporta à l'intérieur. Elle la posa sur sa table de nuit et ôta la housse tandis qu'Olivia allumait la lumière.

À l'intérieur de la cage, un splendide perroquet vert et bleu au bec jaune, perché sur une minuscule balançoire de bois. Le perroquet regarda Serena avec des yeux de fouine. « Je t'aime Serena ! Je t'aime Serena ! gloussa-t-il. Épouse-moi. Épouse-moi ! »

Olivia s'étrangla de rire.

— Tu crois que c'est de la part de Kati et Isabel ?

Serena gloussa à son tour.

— Je ne sais pas. Il n'y a pas de carte.

« Je t'aime Serena. Épouse-moi, épouse-moi ! » répéta le perroquet en ébouriffant ses plumes.

Serena remit la housse et s'éloigna de la cage. Flow avait beau être d'une beauté insensée et d'une générosité flatteuse, là, il *dépassait les limites*. Elle leva les yeux sur son amie.

— Tu as bien dit que tu voulais partir demain ?

— Ouais !

Olivia enleva sa robe trempée et la jeta dans la corbeille à papiers dans le coin.

Serena se dirigea vers l'armoire et attrapa sa valise rouge Kate Spade sur l'étagère du haut.

— C'est quand tu veux.

gossipgirl.net

thèmes ◀ précédent suivant ▶ envoyer une question répondre

Avertissement : tous les noms de lieux, personnes et événements ont été modifiés ou abrégés afin de protéger les innocents. En l'occurrence, moi.

salut à tous !

Ah, ah, ah ! et joyeux Noël à tous !

Je sais que la famille de **V** ne fête pas Noël mais j'ai un cadeau pour elle, quoi qu'il en soit. J'ai comme l'impression qu'il pourra ressortir quelque chose de positif de ce lien qui circule sur Internet, en fin de compte. Voyez ci-dessous.

Q: Chère Gossip Girl,

Je m'appelle **Ken Mogul** et je suis un cinéaste indépendant. Tu as peut-être vu mon film *Seahorse* avec **Chloë Sevigny** et **Tobey Maguire** qui vient de sortir en DVD. Je suis tombé par hasard sur les séquences du lien dont tu as parlé sur ton site et je voulais te demander si tu savais comment entrer en contact avec la personne qui a tourné ce film. Qui que ce soit, il ou elle a énormément de talent et j'aimerais beaucoup travailler avec lui ou avec elle. Merci beaucoup et, au fait, tu assures un max !

xoKM

Je me suis permis de jouer les Pères Noël et les bonnes fées réunis et j'ai donné à *M. Mogul* le nom de **V** en lui précisant qu'elle habitait à Brooklyn.

Attention, **V** : aujourd'hui des pornos sur le Net ; demain, le Festival de Cannes !

VOS AUTRES E-MAILS

Q: Salut gg,
fallait que je te dise qu'il paraît que **S** s'est remise à se droguer. Toute cette rumeur comme quoi elle et **Flow** sont fiancés, c'est du pipeau ! Si elle est allée à St Bart, c'est uniquement pour trouver un dealer et rapporter plein de came à vendre. Me suis dit que tout le monde devait être au courant.
insider

R: Salut insider,
tu as peut-être raison. J'ai entendu dire qu'elle envisageait de faire une grosse fiesta pour le Nouvel An. Mais n'oublie pas : elle devra quand même passer la sécurité de l'aéroport.
GG

Q: Chère Gossip Girl,
j'ai une maison dans le Maine à Mount Desert où j'ai retrouvé des copains pour faire de la luge, **N** y compris. Je croyais qu'il avait une petite copine mais il flirtait avec toutes les filles, dont moi, et il était tellement défoncé que j'ai pas voulu faire de la luge avec lui, si c'était lui qui conduisait.
citrouille

R: Chère citrouille,
on dirait que **N** est en pleine introspection. C'est quand il veut pour chevaucher ma luge !
GG

ON A VU

O et **S** prendre un taxi à **JFK** pour la **Cinquième Avenue**, sublimement bronzées et enchantées d'être de retour. **K** et **I** de nouveau réunies, à **Williams Sonoma** sur Madison, cherchant à savoir si **S** et **Flow** avaient déjà déposé leur liste de mariage. Un sportif en T-shirt **Île de la Paix** rapporter un gros perroquet vert et bleu à une animalerie de **Gustavia**.

UN DERNIER VŒU

J'ai donc eu presque tout ce que j'avais demandé pour Noël, même le sac orange Birkin d'Hermès en peau de cochon. Je sais, vous devez me trouver pourrie gâtée mais je le mérite. Ce que je n'ai toujours pas eu parce que c'est dans six jours, c'est un réveillon de Saint-Sylvestre exceptionnel. Espérons que **S** *organisera* bel et bien une soirée et qui sait – **Flow** pourra peut-être même débarquer !

On se voit là-bas à minuit !

Vous m'adorez, ne dites pas le contraire.

gossip girl

enfermée dans sa tour

Coincée chez elle avec rien d'autre à faire que bouquiner et rêvasser, Jenny avait l'impression d'être Rapunzel, comme dans le conte du même nom, mais avec des cheveux beaucoup plus courts et des nichons beaucoup plus gros. Elle avait remisé son string de satin blanc au fond de son tiroir à sous-vêtements jusqu'à la prochaine fois où elle reverrait Nate. Le réveillon de la Saint-Sylvestre n'était pas si loin que ça et peut-être le reverrait-elle même plus tôt. Elle espérait secrètement qu'elle lui manquerait tellement qu'il reviendrait du Maine et se glisserait furtivement dans sa chambre au beau milieu de la nuit via l'escalier de secours. Imaginer ce qu'ils feraient quand ils se retrouveraient l'occupait des heures entières.

Pauvre Nate, bloqué dans le Maine, dans le froid et dans la neige. Hier c'était Noël et il avait vraisemblablement dû passer toute la journée à regarder de vieux films avec ses parents, jetant de temps en temps un œil au-dehors sur la neige en se demandant quand il réentendrait sa voix. Jenny se moquait bien de ne pas lui parler au téléphone – leur séparation forcée ne faisait que consolider leur amour –

mais elle devait tout de même faire quelque chose pour montrer à Nate qu'elle pensait à lui et l'aimait plus que jamais. Raison pour laquelle elle avait décidé de lui envoyer un petit paquet.

Elle trouva d'abord une vieille boîte à chaussures Nike qu'elle tapissa de papier alu. Puis elle y fourra un vieil exemplaire broché usé de *Roméo et Juliette* de Shakespeare. Les difficultés que rencontraient les amants dans cette tragédie ressemblaient tellement aux leurs : ils s'aimaient profondément, on leur avait interdit de se voir et pourtant l'amour vaincrait au final. Bien sûr Nate et elle ne mourraient pas comme étaient morts Roméo et Juliette. Ils se marieraient, fonderaient une grande famille et raconteraient à leurs petits-enfants qu'ils s'étaient rencontrés dans un parc en une belle journée d'automne ensoleillée quand toutes les forces de l'univers étaient parfaitement réunies.

Ensuite Jenny ajouta un paquet en alu de deux Pop-Tarts à la myrtille. C'était l'un de ses gâteaux préférés, bien qu'elle en mangeât rarement car ils étaient trop caloriques et n'avaient absolument aucune valeur nutritive. Mais l'idée que Nate mange quelque chose qu'elle adore en pensant à elle et qu'elle lui manque lui plaisait bien.

Puis Jenny glissa une photo d'elle que son père avait prise l'été dernier. Elle portait une robe jaune sans manches et se tenait au bord de la piscine d'un motel de Hershey, Pennsylvanie, où Rufus les avait emmenés pour quitter la ville le temps d'un week-end. Elle aimait combien ses cheveux étaient brillants sur ce cliché, combien ses bras bronzés cachaient les côtés de ses seins et vous empêchaient de voir comme ils étaient gros.

Puis elle rajouta le programme de *Casse-Noisette* qu'elle avait conservé. Elle tenait à ce que Nate sache que ce jour-là, commençant avec *Casse-Noisette*, avait été le plus beau jour de sa vie, le jour où ils s'étaient dit : « Je t'aime. »

Enfin, elle coupa une mèche épaisse de ses boucles brunes, l'attacha avec du fil rouge et la rajouta dans la boîte. Ça faisait un peu bizarre avec tout le reste, genre souvenir d'un mort ou autre chose de ce style, mais elle voulait que son petit copain ait l'impression qu'elle était avec lui et cela lui semblait le meilleur moyen.

Avec la mèche de cheveux, son petit paquet était complet ; elle referma la boîte et scotcha le couvercle. Puis elle l'emballa avec des pages glanées dans divers magazines pour ados qui traînaient dans sa chambre, veillant bien à ne pas inclure de pages comportant des pubs embarrassantes pour tampons, pilules contraceptives ou traitement contre la candidose. Enfin, elle scotcha un Post-it jaune et y écrivit soigneusement l'adresse de Nate dans le Maine qu'elle avait notée dans son répertoire avec celles de toutes les autres maisons de sa famille à Montauk, Nice, St. Anton et à la Barbade, au cas où.

Après y avoir collé une vingtaine de timbres qu'elle avait volés dans le tiroir du bureau de son père, Jenny apporta le paquet dans la cuisine et ouvrit la porte de derrière pour le laisser au facteur. C'était l'un des avantages à vivre dans un vieil immeuble comme le sien. Il n'y avait pas de boîtes à lettres en bas, le facteur prenait donc l'ascenseur de service et leur montait le courrier juste devant la porte du fond. Elle posa la boîte par terre à côté du petit casier où le facteur déposait le courrier et le regarda d'un air interrogateur, se demandant si elle ne devrait peut-être pas le rouvrir et y ajouter son string pour que le paquet soit un peu plus sexy. Après réflexion, ça faisait un peu salope. De plus, c'était un cadeau que Nate lui avait fait pour Noël. Il risquerait de croire qu'il ne lui plaisait pas si elle le lui renvoyait.

Dan entra dans la cuisine et trouva Jenny sur le pas de la porte de derrière.

— Qu'est-ce que tu fais ? lui demanda-t-il, suspicieux.

Rufus avait sommé Dan de surveiller sa sœur et il prenait son boulot très au sérieux.

Jenny referma la porte.

— Je vérifie juste s'il y a du courrier, dit-elle.

Elle se retourna et regarda son frère en plissant les yeux. Ses cheveux étaient emmêlés, et il portait le même T-shirt blanc taché de café depuis deux jours.

— T'es affreux !

Dan versa du café instantané dans sa tasse et fit couler de l'eau du robinet jusqu'à ce qu'elle soit assez chaude pour faire fondre la poudre. Il remplit la tasse et en but une gorgée.

— Je travaille sur un poème, dit-il, comme si ça expliquait tout.

Jenny ouvrit le réfrigérateur, attrapa un yaourt Danone au café puis se ravisa et referma bruyamment la porte. La dernière chose qu'elle souhaitait était de prendre du poids avant de revoir Nate.

Dan souffla sur sa tasse en l'observant.

— Tu sais que c'était Vanessa, hein ? dit-il d'un ton froid. Qui vous a filmés dans le parc ?

Jenny se retourna, tirant son soutien-gorge qui avait remonté et s'était coincé entre ses seins. Elle n'était pas revenue sur le site depuis qu'elle l'avait vu sur l'ordinateur de son frangin et il ne lui était jamais venu à l'idée d'essayer de savoir qui avait réalisé le film. Que ce soit Vanessa qui l'ait mis sur Internet lui semblait tout bonnement ridicule.

— Comment tu le sais ? lui demanda Jenny.

Dan haussa les épaules.

— Regarde le film. Ça ne peut être que Vanessa.

La jeune fille croisa les bras sur sa poitrine.

— Je préfère pas, dit-elle. Et puis même, si c'était elle, qu'est-ce que ça peut faire ?

Jenny travaillait avec Vanessa pour *Rancor*, le magazine d'arts conçu par les étudiants de Constance Billard et elles s'étaient toujours bien entendues. Si Vanessa avait filmé Nate et Jenny au parc, elle avait sûrement une très bonne raison de l'avoir fait et une très bonne raison de l'avoir mis sur le Web.

— Je m'étais juste dit que tu aimerais bien savoir, c'est tout, répondit Dan.

Et il repartit dans sa chambre.

Il mettait et remettait en ordre la liste de mots qu'il avait notés pour son exercice contre la hantise de la page blanche et essayait à présent de les assembler dans un semblant de cohérence pour rédiger son poème « *Salopes* ».

Pute, esclave, rasé, noir, dentelle, glace, froid, pluie, pleurer, ôter, dormir, café, tache, blâme...

Ce serait un poème sur la colère, évidemment, mais ce n'était pas un poème *de* colère. C'était un poème sur le fait que vous découvriez que la personne que vous aimiez n'était pas la personne que vous imaginiez. Jenny n'était pas la douce petite sœur innocente qu'il croyait. Et Vanessa était une voyeuse en sous-vêtements de pute qui se servait des moments d'intimité des autres pour attirer l'attention sur elle.

Il se mit à sortir des mots de sa liste, ajoutant un verbe ou un adjectif de temps à autre pour l'embellir.

Essuie le sommeil de mes yeux, sers-moi une autre tasse.
Je vois ce que tu essaies de me dire depuis le début
En te rasant la tête et en me manipulant –
si délicatement
Avec du satin et de la dentelle,
Tu es une pute.

Dan appréciait le côté direct et l'énergie de sa prose. Il continua sur sa lancée, revigoré par la sensation d'avoir enfin rempli une page. Une fois qu'il aurait terminé, il l'enverrait à Vanessa par e-mail. Écrire ce poème était le seul moyen qu'il connaissait pour arriver à comprendre ce qu'il ressentait ; et le lui envoyer était le seul moyen qu'il connaissait pour le lui dire.

v trouve le moyen de s'excuser

Ruby passa la tête dans la chambre de Vanessa. Elle portait une veste en vinyle noir, un jean et des chaussures noires au bout et aux talons pointus. Elle avait coupé supercourt sa frange brune au rasoir.

— Du courrier ? demanda Ruby.

Vanessa fit non de la tête. Leurs parents voyageaient en Europe, en tournée avec une espèce de foire d'art et n'avaient toujours pas envoyé ne seraitce qu'une seule carte postale.

— Des coups de fil ? Des messages ?

Vanessa secoua de nouveau la tête.

— Aucune chance que tu sortes avec moi ? proposa Ruby. Tu es censée être en vacances, tu sais.

Vanessa haussa les épaules et remonta la fermeture Éclair de son sweat-shirt noir à capuche jusqu'au menton. Elle en voulait toujours à sa sœur d'avoir prêté sa caméra sans le lui demander et avait envie de ne rien faire à part, peut-être, s'expliquer avec Dan.

Vanessa ne lui avait pas parlé depuis qu'elle était partie de chez lui vendredi dernier – le plus long laps de temps qu'ils avaient passé sans s'adresser la parole depuis qu'ils étaient devenus amis voilà trois ans. Elle voulait tout lui expliquer, que ce fiasco sur le Web n'était qu'un horrible accident et que si elle avait acheté des dessous Victoria's Secret, c'était uniquement parce qu'elle croyait que ça l'aiderait à se détendre et à s'éclater. Elle voulait lui dire qu'ils étaient amis depuis trop longtemps pour continuer à se faire la gueule comme ça et lui présenter un million d'excuses différentes. Mais elle espérait secrètement que Dan la connaissait suffisamment bien pour deviner qu'elle n'aurait jamais diffusé un film sur le Net exploitant sa sœur de la sorte. Et elle espérait secrètement qu'il réaliserait combien il l'avait humiliée quand elle s'était retrouvée pratiquement à poil dans ses sous-vêtements transparents, et qu'il serait le premier à lui présenter des excuses.

— Très bien. À plus. Je te rapporterai des plats tout prêts, dit Ruby en tournant les talons.

Vanessa se dirigea vers son ordinateur pour vérifier pour la centième fois si Dan lui avait envoyé un e-mail.

Ça y était ! Il lui en avait envoyé un ! et c'était un poème ! Elle tira la chaise de son bureau, impatiente, et double-cliqua sur le fichier. Dès qu'il s'ouvrit, elle le lut.

Elle lut le poème trois fois à l'écran avant de l'imprimer et de le relire. Les mots étaient abjects, hargneux et lui brisèrent le cœur. Dan ne lui avait pas pardonné, c'était on ne peut plus clair.

Mais Vanessa avait toujours su discerner la beauté dans la laideur et elle avait lu suffisamment de candidatures à *Rancor* pour savoir que ce poème était exceptionnel. Il était rempli de métaphores riches et la langue était passionnée, et même s'il lui donnait envie d'enfouir sa tête sous les couvertures et de pleurer, elle ne pouvait s'empêcher d'admirer les tournures intelligentes. Il était brillant.

Même si Dan ne lui parlerait plus jamais, et même si le poème parlait d'elle et de l'horrible personne qu'elle était à ses yeux, elle le ferait publier.

Dan n'avait jamais essayé de faire publier quoi que ce soit mais il serait sûrement ébahi quand il ouvrirait un numéro du *New Yorker* et y verrait son poème « *Salopes* ». Et quel moyen génial d'impressionner les universités où il comptait s'inscrire ! Elle ne pouvait pas ne pas le faire. Elle le lui devait bien.

Elle sauta de sa chaise et fouilla dans la chambre de Ruby jusqu'à ce qu'elle trouve un numéro du *New Yorker* calé sous la porte de sa penderie. Elle le feuilleta et trouva le nom du responsable des candidatures puis repartit à son ordinateur pour lui écrire une lettre, et inscrire les coordonnées de Dan sur l'enveloppe affranchie pour la réponse.

audrey va à l'université

EXT. JOUR. DÉPARTEMENT D'ANGLAIS. CAMPUS DE L'UNIVERSITÉ DE NOUVELLE-ANGLETERRE.

Bâtiment en brique de quatre étages, colonnes blanches et lierre. Pelouse verte devant. Marches de marbre.

Audrey, dix-huit ans, superbe fille aux cheveux bruns, en jupe et chemisier à la mode et chaussures plates, traverse la pelouse sur son vélo classique Schwinn et le gare à un porte-vélos à côté des marches de marbre. Elle gravit l'escalier quatre à quatre et entre dans le bâtiment.

INT. DÉPT D'ANGLAIS. BÂTIMENT EN CONTINU.

Un long couloir bordé de petits bureaux du département d'anglais. Toutes les portes sont ouvertes. Et dans chaque bureau, un professeur reçoit un étudiant pour discuter des meilleurs points de littérature.

ÉTUDIANT A

Je pense sincèrement que ce serait mieux si la baleine parlait, monsieur.

PROFESSEUR A

Mais il n'est pas question d'une baleine qui parle. Il est question d'un homme qui cherche un sens.

ÉTUDIANT B

Il n'y a pas de ponctuation. Vous voyez ? Je n'ai pas utilisé une seule virgule ni un point.

PROFESSEUR B

Ça n'en fait pas un poème. Un poème a… Disons, un poème a de la *poésie* en lui.

PROFESSEUR C

Avez-vous lu le livre dont je vous ai parlé ?

ÉTUDIANT C

Celui sur la baleine ?

PROFESSEUR C

Oui oui. Qu'en avez-vous pensé ?

ÉTUDIANT C

Eh bien, je me suis dit que ça aurait été mieux si la baleine pouvait parler.

Un quatrième professeur sort devant son bureau, jette un œil dans le couloir dans les deux sens puis referme bruyamment sa porte. AUDREY dévale le couloir à la hâte, l'air crevée. Elle frappe à la porte que le professeur vient de refermer.

AUDREY

Monsieur Weeks ! oh, Monsieur Weeks !

Il ouvre la porte.

PROF. WEEKS

Vous êtes en retard.

AUDREY

Oui, mais j'ai une très bonne excuse.

Le professeur marque une pause, attendant son excuse.

PROF. WEEKS

Oui ?

AUDREY

(à bout de souffle)

Oh mais je ne peux pas vous la donner ! C'est quelque chose d'illégal.

PROF. WEEKS

(sourcils froncés)

Illégal ? Dois-je prévenir la sécurité du campus ?

AUDREY

(secouant la tête)

Oh, non. Du moins pas encore.

Elle lui tend sa copie.

AUDREY

Comme je n'ai pas réussi à me décider sur quelle pièce de Shakespeare disserter, je les ai toutes choisies. J'espère que ça ne vous dérange pas.

Le professeur chausse ses lunettes de lecture et se met à lire sa copie. Il s'assied à son bureau, complètement absorbé par ce qu'il lit. Alors qu'il poursuit sa lecture, Audrey s'éclipse nonchalamment de son bureau et referme la porte derrière elle. Elle descend le couloir et sort, remonte sur son vélo puis traverse la pelouse.

EXT. UNIVERSITÉ QUAD CONTINU

Une immense pelouse triangulée par des bâtiments de brique.

AUDREY traverse la pelouse, contemplant le feuillage d'automne au lieu de regarder devant elle. Elle entre dans un garçon vêtu d'un sweat-shirt de l'équipe de la fac, en route pour son entraînement. Le garçon tombe par terre.

Il s'appelle COLIN DAVIS.

COLIN

Aïe !

Audrey descend de son vélo et s'accroupit à son côté.

AUDREY

Je suis désolée ! Tu vas bien ?

COLIN

Je crois que j'ai la jambe cassée.

Il essaie de la bouger.

COLIN

Aïe !

AUDREY

Ne bouge pas. Je vais appeler une ambulance.

Elle fouille dans son sac pour trouver son téléphone portable. Un revolver tombe du sac, par terre. COLIN ne le quitte pas des yeux. AUDREY le ramasse et le fourre de nouveau dans son sac. Elle ouvre son portable d'un coup et compose le 911.

s s'occupe de tout

Serena avait décidé que le seul moyen de compenser leur Noël de merde était de passer un réveillon de la Saint-Sylvestre exceptionnel. Et le meilleur moyen de s'en assurer était d'organiser sa propre fête. Elle adorait mettre des soirées sur pied et excellait dans le domaine mais c'était déjà mercredi et il ne restait que trois jours et demi pour tout préparer. Olivia n'était d'aucune aide. Elle était cloîtrée dans sa chambre avec son iBook, une cartouche de cigarettes et une machine à espresso et n'en sortirait pas tant qu'elle n'aurait pas terminé le scénario qu'elle écrivait en vue de son inscription à Yale. Serena avait toujours été meilleure quand il s'agissait de déléguer au lieu de faire tout le boulot toute seule, et qui appeler de mieux que les deux filles qui rêvaient de devenir ses nouvelles meilleures amies ?

— Allô ? Kati ? C'est Serena.

— Salut !

— Écoute, Isabel est avec toi ?

— Oui, oui.

Quelle question.

— Cool. Bien, je me demandais si ça vous dérangerait, les filles, de venir chez moi pour m'aider à préparer mon réveillon ? En gros, j'ai décidé de faire une soirée de dernière minute et je voudrais vraiment que ce soit super mais je manque de temps.

Les deux filles restèrent sans voix. Puis toutes deux se mirent à pousser de petits cris.

— Oh, mon Dieu ! Ça va être la meilleure soirée jamais organisée ! Ne t'inquiète pas, on arrive *tout de suite* !

Et elles le firent.

Serena vint leur ouvrir, vêtue d'un pantalon de jogging en velours rouge Juicy Couture et d'un minuscule T-shirt orné d'une photo de Père Noël.

— Oh mon Dieu, comme tu es *bronzée* ! gazouilla Isabel en l'embrassant sur la joue.

— As-tu perdu du poids ? ajouta Kati en l'embrassant à son tour.

Comme si Serena avait besoin de perdre du poids.

En hôtesse gracieuse qui se respectait, Serena les conduisit dans le séjour de l'immense appartement de ses parents sur la Cinquième Avenue, donnant sur le Metropolitan Museum of Art. Ses parents passaient les vacances à Ridgefield et son frère était à Boston avec ses potes de fac, elle avait donc l'appartement rien que pour elle.

Elle avait déjà étalé plusieurs feuilles de papier blanc sur l'immense table basse en verre et inscrit des titres sur chacune d'entre elles : *Lieu. Bouffe /Boissons. Musique/Sono. Thème/Décoration/Éclairage. Cartons d'invitation. Liste d'invités.* Elle tendit les feuilles à Kati et Isabel.

Vous voyez comme elle excelle dans l'art de déléguer ?

— Dites, les filles, vous faisiez bien partie du

comité d'organisation de la soirée *Baiser sur les lèvres* en octobre, hein ?

Elles opinèrent.

— Super. Pouvez-vous appeler le traiteur et le décorateur de la soirée ?

— Bien sûr ! fit Isabel en cherchant frénétiquement son PalmPilot dans son sac.

— Et on devra aussi avoir un D.J. cool, leur ordonna Serena.

Kati eut l'air confus.

— 45 ne jouera pas ?

Serena cilla. Elle n'avait aucune idée des projets de Flow pour le réveillon mais elle était sûre et certaine qu'elle ne voulait pas qu'il la harcèle lors de sa propre soirée.

— Non, en fait ils sont occupés à enregistrer leur nouvel album, pipeauta-t-elle. Un D.J. c'est mieux de toute façon. Plus varié.

Les deux filles eurent l'air déçues.

— Je me suis dit qu'on pourrait reprendre la vieille liste des invités du Bal Noir et Blanc, poursuivit Serena en attrapant d'autres pages sur la table basse. Bien sûr, vous pouvez ajouter qui vous voulez, les filles.

Isabel scruta la liste d'un air interrogateur.

— Flow viendra, au moins ?

Serena bredouilla. Si elle leur disait qu'il ne venait pas, Kati et Isabel lanceraient probablement la rumeur que les fiançailles de Flow et Serena étaient rompues et patati et patata. Et ce serait plutôt sympa comme geste d'envoyer une invitation chez Flow à Malibu, surtout après avoir laissé son perroquet à la réception de leur hôtel de St. Bart et avoir repris l'avion pour New York le matin de Noël, en lui posant carrément un lapin. Ce n'était pas comme s'il viendrait réellement à sa soirée, de toute façon.

— Il m'a promis qu'il viendrait, dit-elle en montrant le nom de Flow sur la liste.

Sans réfléchir à ce qu'elle faisait, Serena parcourut la liste des invités jusqu'à la lettre R, vérifiant que le nom d'Aaron Rose s'y trouvait bien. Aaron ne rentrerait pas de St. Bart avant le 30 mais elle espérait qu'il viendrait à sa soirée. Il avait l'air si triste la dernière fois qu'elle l'avait vu qu'elle voulait faire quelque chose pour lui remonter le moral.

— Tu veux que je m'occupe des invitations ? proposa Kati, très business. (Elle sortit son Nokia de son fourre-tout rouge Hervé Chapelier.) Je peux appeler le papetier sur-le-champ.

— Bien, dit Serena. Et Isabel, pourquoi n'appelles-tu pas la boîte de locations de salles ? Dis-leur que nous voulons un grand loft dans le centre avec une bonne vue sur les feux d'artifice. De préférence avec une véranda.

Quand elle tendit la liste d'invités à Kati, un nom en haut de la liste attira l'œil de Serena : Nathaniel Archibald. *Où était donc Nate en ce moment, bordel ?* se demanda-t-elle. Il devrait venir à sa fête. Le réveillon de la Saint-Sylvestre ne serait tout simplement pas pareil sans lui.

Nate était occupé à ouvrir le petit paquet de Jenny, ce qui n'était pas une mince affaire étant donné qu'il était emballé dans une couche de cinq centimètres de magazines pour ados et recouvert de scotch. Le colis était arrivé hier après-midi mais entre faire du snowboard dans Cadillac Mountain avec John et Ryan et fumer du shit dans le bain bien chaud d'une fille lors d'une soirée à Bar Harbor, il n'avait tout simplement pas eu le temps de l'ouvrir.

Le seul boxer propre que Nate avait laissé dans son tiroir était celui que Jenny lui avait acheté chez Barneys et il était donc assis par terre dans son boxer bateaugraphié en train d'arracher les pages de magazines recouvrant la boîte à chaussures qui faisait office de paquet, exactement comme Jenny l'avait imaginé.

Il souleva le couvercle de la boîte et regarda à l'intérieur, gloussant intérieurement quand il caressa du doigt la mèche de cheveux de Jenny. Envoyer une mèche ressemblait presque à quelque chose qu'aurait fait Olivia, sauf qu'elle l'aurait probablement inondée de parfum puis glissée dans une boîte argentée de chez Tiffany, tapissée de velours rouge et monogrammée aux initiales de Nate, quelque chose dans ce goût. Il sortit le programme de *Casse-Noisette* et le feuilleta. Au lieu de penser à cinq jours plus tôt, lorsqu'il avait emmené Jenny voir le ballet et qu'ils s'étaient assis au premier rang du deuxième balcon du New York State Theater au Lincoln Center, main dans la main tandis que l'armée de petits soldats du Casse-Noisette se battait contre les méchantes souris sous cet immense arbre de Noël trop génial, il repensa à la dernière fois où il avait invité Olivia à voir ce même ballet.

Olivia avait eu des crampes. À l'entracte, Nate était donc allé lui chercher de l'Advil et du Perrier au bar puis ils étaient sortis fumer une cigarette sur le balcon. Ils s'étaient retrouvés en train de s'embrasser et avaient passé tout le deuxième acte dehors, fumant, s'embrassant et regardant les gens passer devant la fontaine vide avant d'entrer au Lincoln Center. Olivia portait un manteau en poils de chameau avec un col de vison dans lequel Nate adorait enfouir son visage, respirant le mélange d'odeur de fourrure d'animal, du parfum d'Olivia et de fumée de cigarette.

Sur la commode en érable style Shaker de sa chambre à Mount Desert, son téléphone portable sonna. Il avait neuf messages vocaux, tous avec le numéro de Jenny, et il n'avait pas encore pris la peine de la rappeler. Mais cette fois le numéro qui s'afficha à l'écran était différent.

Un grand sourire s'épanouit sur le visage de Nate. Il était toujours ravi d'avoir des nouvelles de Serena.

Ouais, comme un mec sur deux sur cette planète.

— Salut ! Quoi de neuf ?

— Natie ? (La voix de Serena carillonnait sur les ondes.) Je me demandais juste si on te reverrait un jour ? dit-elle. Ou si tu comptais, je sais pas moi, rester dans le Maine jusqu'à la cérémonie de remise des diplômes ?

Nate se pencha et attrapa le paquet de Pop-Tarts à la myrtille dans le colis de Jenny. Il l'ouvrit d'un coup de dents et en sortit une tarte, n'en fit qu'une bouchée puis jeta le paquet dans la boîte à chaussures.

— Je crois que je vais rester ici encore un moment.

Il voulait remettre au plus tard possible ses retrouvailles avec Jenny. Ou à jamais, éventuellement.

— Mais je fais une soirée pour le réveillon, dit Serena d'une voix de bébé. Kati et Isabel sont ici avec moi et m'aident à l'organiser. On aura un thème d'enfer, les meilleurs D.J. et une immense véranda pour pouvoir tous voir les feux d'artifice. Tu seras un loser si tu viens pas. Et je te promets que tu le regretteras à fond.

Nate gloussa. La soirée avait l'air cool, c'était clair. Puis il pensa à quelque chose.

— Hé, où est Olivia ? Vous êtes encore à St. Bart toutes les deux ?

— On est rentrées plus tôt que prévu, soupira Serena. Olivia joue les ringardes ; elle bosse pour son entrée à Yale.

— Ah. (Nate attrapa l' exemplaire de *Roméo et Juliette* et passa le pouce sur le bord des pages écornées. Puis il regarda la couverture – une peinture classique d'un garçon et d'une fille enlacés.) Mais elle viendra bien à la soirée, hein ?

— Bien sûr, idiot ! s'exclama Serena. Elle est pas *aussi* ringarde !

— Très bien, acquiesça Nate, tenant toujours le livre. Je serai là.

Serena raccrocha. En face d'elle, assises sur une causeuse en chintz rouge et blanc, Kati et Isabel étaient débordées, occupées à piailler dans leurs téléphones portables, à réserver le traiteur et à commander plus de picole qu'elles n'en auraient jamais besoin. Serena sourit intérieurement. Intéressant que Nate ait dit qu'il viendrait à la soirée *après* qu'elle a précisé qu'Olivia serait là. Elle avait le sentiment que ce réveillon de Saint-Sylvestre serait passionnant.

quand les artistes tourmentés percent...

Toujours vêtu du même T-shirt blanc maculé de café qu'il portait depuis près d'une semaine, Dan avait presque rempli un nouveau carnet entier de poèmes morbides sur l'amour, ce canular pathétique inventé par Hallmark pour vendre des cartes à la Saint-Valentin et donner aux gens la fausse impression que leur vie avait un sens. Pour l'heure, il travaillait sur un poème intitulé « Voiture bondée de rochers » sur un type qui avait rempli sa voiture de rochers et la conduisait dans une rivière car elle lui rappelait son ex-petite amie qui aimait être au volant en écoutant des parasites sur l'autoradio et non de la musique.

Jenny frappa à sa porte.

— Il y a du courrier pour vous, monsieur l'Ermite.

Dan reposa son stylo et ouvrit la porte. Sa petite sœur portait son peignoir de bain rose et avait une moustache de crème blanche visqueuse au-dessus de la lèvre. Elle lui tendit une enveloppe.

— Qu'est-ce que tu as sur le visage ? lui demanda-t-il en prenant la lettre.

— Je m'épile, répondit-elle en repartant et en empruntant le couloir qui menait à la salle de bains.

Ça veut dire quoi, au juste, bordel ? songea Dan en refermant sa porte. De toute évidence, sa sœur avait passé beaucoup trop de temps coincée à la maison à lire des magazines de mode mais c'était tout ce qu'elle méritait pour être une aussi belle salope.

Dan retourna la mince enveloppe blanche et examina l'adresse de l'expéditeur. C'était le *New Yorker*, probablement une demande d'abonnement alors que son père y était abonné depuis toujours. Il l'ouvrit d'un coup et déplia les deux morceaux de papier blanc cachés à l'intérieur.

Cher monsieur Humphrey,

Merci d'avoir envoyé votre poème « Salopes » au *New Yorker*. Félicitations ! J'ai le plaisir de vous informer que nous le publierons dans notre numéro spécial Saint-Valentin. Veuillez remplir le formulaire ci-joint relatif aux renseignements sur l'auteur, nous pourrions en effet inclure des informations vous concernant dans notre page Collaborateurs. Nous vous ferons parvenir ultérieurement un chèque d'un montant de huit cents dollars.

Bonne année !

Jani Price

Responsable des candidatures

C'est quoi, ce délire ? se demanda Dan. Il relut la lettre deux fois avant de la jeter sur son lit, tout son corps tremblant d'horreur. Le *New Yorker* publiait rarement des poèmes d'auteurs inconnus et Jani Price était bien connue pour envoyer de méchantes lettres de refus en une ligne, genre : « Bien tenté ! » ou : « Désolé, c'est raté ! » Dan examina l'en-tête de plus près. Il avait l'air authentique. Puis il relut la lettre, les mains tremblant comme des feuilles à l'idée qu'un inconnu – et surtout quelqu'un d'aussi célèbre que Jani Price dans le monde littéraire – ait pu lire son poème.

Plus il y réfléchissait, plus il devenait évident à ses yeux que la seule personne qui avait pu en premier lieu envoyer le poème au magazine était Vanessa. Comme si elle n'avait pas déjà fait assez de conneries comme ça ! Qu'est-ce qui lui avait pris, bordel ? Non, qu'est-ce qui lui avait pris, *putain* ?

Dan balança la lettre sur son lit et ôta son T-shirt sale. Il allait d'abord prendre une douche bien chaude et enfiler des fringues propres.

C'est pas trop tôt !

Ensuite il irait direct à Brooklyn engueuler Vanessa. Comment osait-elle profaner ainsi son travail en l'envoyant à qui elle voulait sans lui demander d'abord la permission ? Pour qui elle se prenait, d'ailleurs ? Pour sa bonne fée au crâne rasé en écrase-merde ?

Et pourquoi pas pour la Méchante Sorcière de l'Est ?

Ruby ayant enfin récupéré la caméra numérique Sony de Vanessa, celle-ci était assise à son ordinateur, téléchargeait les images des glaçons et les insérait dans son nouveau film, juste avant une séquence qu'elle avait tournée sur des pigeons perchés sur un camion d'éboueurs. Elle avait déjà effacé la scène de Jenny et Nate dans la neige et avait décidé d'oublier toute cette histoire pour se concentrer sur son nouveau film. À côté des pigeons, une tête de poupée chauve et sale avec un œil manquant sortait d'un sac-poubelle éventré. C'était génial.

Un message instantané apparut dans l'angle supérieur droit de son écran et Vanessa cliqua dessus, espérant que c'était un message de Dan. Il avait dû avoir des nouvelles du *New Yorker* et peut-être lui envoyait-il un MI pour la remercier car ils avaient décidé de le publier et tout était pardonné. Mais l'adresse n'était pas celle du jeune homme.

KM 10001 : vous êtes vanessa abrams, cinéaste ?
Chatchauve : peut-être.
KM10001 : je cherche la personne qui a filmé ces gamins dans le parc en train de se tripoter. c'était incroyablement bien filmé.
Chatchauve : oh vraiment ? qui est là ?
KM10001 : Ken Mogul. j'ai réalisé Seahorse, peut-être vous l'avez vu. je parle donc à la bonne personne ?
Chatchauve : oui.
KM10001 : waouh. j'aimerais vraiment travailler avec vous. je finis un film en ce moment que je présenterai à Cannes. intéressée ?
Chatchauve : euh... je suis encore au lycée. mais ouais, intéressée.
KM10001 : cool. on peut se voir quelque part ? genre plus tard dans la journée ? je me trouve à NYC au fait.
Chatchauve : je tourne à Central Park ce soir @ partir de 22 h. on se voit là-bas ?

KM10001 : super. j'adorerais vous voir travailler. à tout à l'heure.

Chatchauve : bye.

Vanessa se remit au montage de son film, sachant qu'il y avait de fortes probabilités pour que ceux qui venaient de lui envoyer ces messages instantanés étaient en fait une bande de potes de Nate, des petits cons bourrés de fric, qui, en ce moment même, étaient en train de creuser un trou à la hache dans la glace du lac de Central Park afin de la jeter dans l'eau glacée et de la noyer à cause du film qui circulait sur le Net. Ou peut-être était-ce vraiment Ken Mogul, cinéaste alternatif, un de ses héros. Elle rit tout haut. Elle avait le don d'attirer les e-mails de déséquilibrés. Mais pourquoi pas ? Tout était possible.

gossipgirl.net

thèmes ◀ précédent suivant ▶ envoyer une question répondre

Avertissement : tous les noms de lieux, personnes et événements ont été modifiés ou abrégés afin de protéger les innocents. En l'occurrence, moi.

salut à tous !

Comment passer le réveillon du 31 décembre le plus top de top :

1) Restez avec moi. Je sais où ça se passe.

2) Embrassez-vous. Ce soir à minuit, c'est le seul moment de toute l'année où vous avez carte blanche pour embrasser des gens que vous ne connaissez ni d'Ève ni d'Adam sans avoir à fournir la moindre explication. Alors lâchez-vous !

VOS E-MAILS

Q: Chère Gossip Girl,

O.K., en temps normal je suis pas du genre langue de p… mais je me suis dit qu'il valait mieux que tu sois au courant vu que je suis toujours à St. Bart. Ce mec avec qui **O** sort – **M** ? Bon, juste après le départ de **O**, il a traîné avec cette Française, la prof de ski nautique. Et ils ont passé vachement de temps ensemble.

haricot

R: Cher(e) haricot,

merci pour l'info. Désolée que tu sois coincé(e) là-bas et pas ici avec nous. Au fait, tu devrais plus souvent jouer les langues de p... ça donne un bel éclat à ta peau.

GG

ON A VU

A promener son boxer sur Park Avenue. J'imagine qu'il est rentré de St. Bart mais sans son pote **M. Flow** sauter dans un avion à **L.A.** pour le **Kennedy Airport** de New York tôt ce matin. Non, pas possible ?? ? **O** mettre enfin le nez dehors pour s'acheter de la laque extraforte **Frédéric Fekkai** chez **Zitomer** sur Madison. On dirait qu'elle nous concocte une coiffure de tarée pour la fête de ce soir. Pressée de la voir. Pressée de vous voir tous !!!

LA SEULE SOIRÉE À LAQUELLE IL FAUT ALLER

Si vous n'avez pas encore reçu une de ces invites, autant que vous quittiez la ville sur-le-champ !

Ne soyez pas un loser
Venez fêter la Nouvelle Année avec moi !
Thème : Nuit de Folie au Paradis
Où ? Au Ice Castle, West 19e Rue.
Quand ? Dimanche soir, de 21 h à...
Qu'apporter ? Vous et autant d'amis que vous
pourrez faire tenir dans l'ascenseur.
On se voit là-bas !

Serena

NOS VIES SONT PLUS BELLES QUE DANS LES FILMS

Si nos vies étaient un mauvais film pour ados, nous inviterions tous les responsables des services des inscriptions de toutes les universités où nous postulons à sortir avec nous et ferions tout pour qu'ils s'éclatent comme des fous et décident de nous accepter dans la fac de nos rêves. Mais nos vies sont plus belles que dans les films et nous n'avons pas besoin d'en arriver à de tels extrêmes pour entrer à l'université. *Pigé* ?

J'ai hâte de voir qui embrassera qui à minuit !

Vous m'adorez, ne dites pas le contraire.

gossip girl

j s'enfuit

Jenny s'était rasé, épilé, dépilé, exfolié et hydraté tout le corps, avait verni ses ongles, s'était fait un brushing et s'était subtilement maquillée, dans des tons or et bronze, suivant un nuancier qu'elle avait trouvé dans le magazine *Allure*. Puis elle avait enfilé le string et le même pantalon de velours noir qu'elle portait en ce jour exceptionnel dans le parc, assorti à un pull noir en V avec des fils d'or dessus, qui faisait ringard sur le cintre mais super sur elle.

De son point de vue, en tout cas.

Enfin, elle avait mis le pendentif turquoise que Nate lui avait offert et une paire de bottes pointues à hauts talons avec lesquelles elle avait du mal à marcher mais qu'est-ce que ça pouvait faire ? Tout cela, c'était à six heures et elle avait passé les deux dernières heures et demie à tenter de s'occuper en regardant des rediffusions des *Osbournes*, tout en liquidant un paquet entier de gâteaux au cheddar Pepperidge Farm, son téléphone portable délicatement posé sur ses genoux. Mais il était déjà huit heures et demie et Nate ne l'avait toujours pas appelée.

Jenny avait été tellement préoccupée à préparer son corps pour la soirée et à attendre le coup de fil de Nate qu'elle n'avait pas vraiment réalisé ce que faisait le reste de sa famille. Elle éteignit le téléviseur et elle prit le couloir.

La porte de la chambre de Dan était entrebâillée ; elle l'ouvrit à la volée. Son ordinateur était éteint et aucune cigarette allumée ne se consumait dans le cendrier.

— Dan ? cria-t-elle mais personne ne lui répondit.

Elle fit demi-tour et redescendit le couloir d'un pas lourd, direction le bureau de son père. La porte était grande ouverte. Personne.

— Papa ?

Mais toujours aucune réponse.

Traditionnellement, pour le réveillon de la Saint-Sylvestre, Rufus sortait avec quelques copains pour un marathon-lecture de poèmes toute la nuit dans un café de Greenwich Village. Manifestement, il était déjà parti.

Jenny appuya sur des touches de son téléphone portable qui composa instantanément le numéro de Nate. Sa messagerie vocale se mit en route, *une fois de plus.*

« Si vous essayez de joindre… », fit une voix féminine de robot.

« Nate », dit Nate en personne.

« Veuillez appuyer sur la touche 1 pour laisser un message ou attendre le signal sonore », reprit la voix de robot.

« C'est encore moi, couina Jenny, s'efforçant d'avoir l'air optimiste. J'imagine que tu es coincé dans les bouchons, enfin un truc de ce style. Je crois que je vais aller à la soirée de Serena. Je prendrai peut-être un taxi et m'arrêterai chez toi et je te passerai un coup de fil. Enfin, j'espère que je te verrai avant minuit ! O.K. ? Je t'aime. Bye. »

Elle raccrocha et retourna dans sa chambre chercher son sac et son manteau. Qu'est-ce que ça pouvait faire que sa punition ne soit pas officiellement levée ? Rufus et Dan l'avaient laissée seule dans l'appartement.

À quoi s'attendaient-ils de la part d'une princesse enfermée trop longtemps dans sa tour ?

Nate avait envisagé de ne pas fumer un seul pétard avant la soirée car Olivia préférait quand il n'était pas déchiré. Mais bon, c'était le réveillon !

— Tiens, dit Jeremy en lui passant l'énorme joint qu'il venait d'allumer.

Nate, Jeremy et Anthony étaient blottis les uns contre les autres près de la statue de Gandhi à Union Square. Dans les environs, quelqu'un passait « Yesterday » sur un magnétophone.

— Prends une bonne taffe, lui conseilla Jeremy. Ensuite on a intérêt à trouver cette putain de soirée. C'est l'Antarctique par ici.

Nate porta le joint à ses lèvres et aspira en fermant les yeux. Rien de tel qu'une bonne taffe de shit en une soirée de froid glacial. Il tendit le pétard à Charlie, gardant la fumée dans ses poumons quelques instants de plus.

— Et si la soirée était naze ? demanda Charlie avant de prendre une taffe.

Nate se souvint de ce que Serena avait dit – qu'Olivia s'était cloîtrée dans sa chambre toute la semaine pour bosser sur sa dissertation pour entrer à Yale. Chaque fois qu'Olivia passait un long laps de temps seule à travailler, après elle était toujours hyperchaude.

— Vieux, dit-il en soufflant un nuage de fumée dans l'air près de la tête de Gandhi. Crois-moi, elle sera pas naze.

n porte toujours le cœur de **o** *dans sa manche*

Faites confiance à Serena pour mettre l'ambiance dans les réveillons de la Saint-Sylvestre ou dans n'importe quelle autre soirée, d'ailleurs. Deux minutes passées dans le loft de Chelsea qu'elle avait loué pour ce spectacle somptueux avaient suffi à se rendre à l'évidence : c'était la meilleure soirée à laquelle personne n'était jamais allé. Des flambeaux brûlaient lentement dans les coins, et la piste de danse était en véritable gazon. Les barmaids portaient des bikinis au crochet quasi transparents et le D.J. était un tout nouveau rockeur célèbre du Iceland. À un bout du loft, se trouvaient trois pièces comportant chacune des canapés de cuir blanc et des baignoires, pour ceux qui avaient besoin d'intimité ou qui voulaient simplement prendre un bain. Et une immense terrasse surplombait la ville dans trois directions, pour le moment où seraient tirés les feux d'artifice.

Olivia n'avait dormi que quelques heures et n'avait quasiment pas mis le nez dehors depuis qu'elle était rentrée de St. Bart. Elle avait carburé à l'expresso, à l'adrénaline, aux cigarettes et à la détermination. Son scénario allait faire un malheur – elle le sentait ! Et il lui permettrait d'entrer à Yale !

Mais même les meilleurs auteurs ont besoin d'un petit break.

Elle arriva à la soirée dans une mini-mini-mini-jupe Dior en daim pourpre, un caraco de satin noir Chloe, et des bas résille noirs. Elle avait attaché ses cheveux en queue-de-cheval superhaute, superélastique et supersixties, et arborait des faux cils et du rouge à lèvres argent. Aux pieds, elle portait la toute dernière paire de bottines Christian Louboutin en daim noir et aux talons de dix centimètres que son homo de père lui avait envoyées de France pour Noël accompagnées d'une carte disant : « Joyeux Noël, mon Olive. Attention : ne sors pas sans escorte avec ces bottes ! » Mais Olivia n'avait pas suivi ses conseils – elle était venue toute seule.

Il ne lui fallut pas longtemps avant de trouver Serena. C'était la seule fille dont les cheveux étaient zébrés de rose, qui dansait pieds nus et qui portait un haut de bikini lacé Missoni, un short de velours noir ultracourt, et de longues boucles d'oreilles en diamant qui pendillaient. Le D.J. avait monté le volume et la musique était si forte que les murs tremblaient.

— J'ai mal aux seins ! hurla Serena à Olivia sans cesser de danser.

— J'ai mal à la tête ! brailla Olivia en retour.

Ce dont elle avait besoin avant même d'envisager de danser ou de parler à qui que ce soit, c'était d'un alcool fort.

Ou de trois ou quatre.

— Je viens de voir Nate ! cria Serena en montrant du doigt la foule au hasard. Il te cherchait !

En effet.

Olivia s'esquiva et se fraya un chemin à travers la foule pour atteindre le bar. Elle méritait de se soûler. Elle avait presque terminé son scénario – à part la fin – et elle était quasi sûre qu'il déchirait. En plus c'était ce putain de réveillon de la Saint-Sylvestre et si Nate voulait lui parler, elle devait d'abord comptabiliser au minimum un verre au compteur.

Kati et Isabel se tenaient près du bar, attendant leurs Cosmos.

— Salut Olivia, roucoulèrent-elles en chœur.

— Tu es encore bronzée, fit observer Isabel en exhibant son propre bras blanc d'un air dégoûté.

Toutes deux portaient de longues robes noires dos-nu, exactement les mêmes que celles qu'avaient mises Serena et Olivia pour le bal Noir et Blanc.

— Serena m'a dit que tu bossais pour ton inscription à Yale, dit Kati en sirotant son Cosmo. Il nous reste encore un mois avant la clôture des inscriptions, tu sais.

Olivia jeta un regard noir au barman tant il mettait du temps à prendre sa commande.

— Je veux juste que ce soit parfait.

— Et je suis sûre que ce le sera, la rassura une voix familière.

Olivia se retourna d'un coup et se trouva nez à nez avec Nate – son premier rôle masculin – portant le pull de cachemire vert mousse en V qu'elle lui avait offert pour Pâques. Avant de l'emballer et de le lui donner, elle avait cousu à l'intérieur de l'une des manches un petit cœur en or pour que Nate porte toujours son cœur dans sa manche. Elle se demandait s'il s'y trouvait toujours.

Kati et Isabel les laissèrent seuls et rejoignirent furtivement un groupe de filles qui se mirent à chuchoter :

— Il paraît qu'elle l'a perdue avcc le dénommé Miles à St. Bart, dit Tina Ford.

— C'est pour ça qu'elle est rentrée plus tôt que prévu, ajouta Rain Hoffstetter. Pour demander la pilule du lendemain à son gynéco.

— Personne n'a vu Flow ? demanda Kati.

— Serena nous a promis qu'il viendrait, geignit Isabel.

Nicki Button secoua la tête d'un air entendu.

— Il paraît que Flow a cassé avec Serena parce qu'il voulait être clean et qu'elle, c'est une grosse toxico.

— Alors où est ta mioche du jardin d'enfants ? demanda Olivia en sortant une Merit ultralight de son paquet et en attendant que Nate la lui allume.

Celui-ci la gratifia d'un grand sourire. C'était un début. Au moins elle lui parlait.

— On a cassé, dit-il simplement.

Ah bon, depuis quand ?

La barmaid s'approcha enfin d'un pas nonchalant dans son bikini au crochet quasi transparent et Nate frappa sur le bar.

— Une vodka-tonic et un whisky-Coca avec plein de glaçons, fit-il, commandant pour eux deux.

Olivia adorait que Nate sache exactement ce qu'elle désirait sans devoir dire quoi que ce soit mais elle fit celle qui n'avait rien remarqué, fumant sa cigarette et observant les danseurs se donner des coup de cul en se trémoussant.

— Alors comment s'est passé ton Noël ? demanda Nate, en lui tendant précautionneusement sa vodka-tonic remplie à ras bord.

Y a mieux pour lancer une conversation.

Olivia but une bonne gorgée puis tira une longue taffe sur sa cigarette.

— Merdique.

Nate comprit qu'elle ne voulait pas s'étendre sur le sujet.

— C'est pas grave, dit-il. Plus que six mois avant la remise des diplômes.

Ils se regardèrent, les yeux écarquillés d'horreur.

— Six mois, répéta Olivia en buvant une autre grosse lampée.

— C'est vachement trop long, fit Nate, finissant à sa place.

Olivia faillit ébaucher un sourire. Autre chose qu'elle adorait chez lui : il lisait dans ses pensées.

— C'est fou, poursuivit-il, encouragé par son semblant de sourire. Dans un an jour pour jour, on traînera avec une bande de potes qu'on aura rencontrés à la fac. Des gens dont on ne se doute même pas de l'existence.

Olivia mordilla la paille de son cocktail, regardant Serena faire du tape-fesses avec deux bruns d'une vingtaine d'années qui portaient les deux mêmes costumes de marin bleu marine et avaient l'air de jumeaux.

— J'ai hâte, lança-t-elle. Une fois que j'entrerai à Yale, je ne reviendrai jamais.

Nate sourit. Il adorait que, pour Olivia, entrer à Yale coule de source.

— Il faudra que je vienne te rendre visite, alors.

La vodka montait à la tête d'Olivia. Elle voyait bien que Nate essayait de lui parler comme s'il ne s'était rien passé, comme s'il ne l'avait pas plaquée pour une gamine en âge préscolaire et n'avait pas passé tout le mois dernier à tenter de l'éviter royalement. C'était un peu énervant mais c'était aussi un peu merveilleux, comme la partie de son scénario dans laquelle Audrey réalisait que Colin avait été aussi ignoble avec elle qu'elle l'avait été avec lui et décidait que c'était une raison pour l'aimer encore plus. Elle prit une profonde inspiration et finit son verre. Elle avait oublié comme les yeux de Nate étaient verts.

Charlie Dern les rejoignit et tapa dans la paume de Nate.

— Hé, mec, bienvenue ! J'ai vu ton cul sur le site Web ! Super boulot !

Super timing.

— Merci, mec, répondit Nate en s'efforçant d'être cool. À plus, ajouta-t-il, faisant comprendre à Charlie qu'il n'avait pas envie d'en parler.

Charlie se barra et Olivia mit une autre cigarette à ses lèvres.

— De quoi il parlait ? C'est quoi le super boulot ?

Nate ouvrit son Zippo d'un coup et alluma sa cigarette. Si Olivia n'avait pas entendu parler de ce site dont tout le monde parlait, où Jennifer et lui avaient la vedette, il ne tenait pas à ce que ça change.

— Rien, répondit-il.

Une mèche blond roux tomba sur son front et Olivia la balaya d'un geste pour lui, s'autorisant à lui rendre son sourire quand il lui en fit un.

C'était presque comme au bon vieux temps.

Presque.

a trouve une distraction

Peu après vingt-deux heures, Aaron, le demi-frère d'Olivia disparu de la circulation depuis bien longtemps, sortit de l'ascenseur et pénétra dans le loft dans un nuage de fumée de cigarettes aux plantes, vêtu de l'un de ses innombrables T-shirts noirs « Légalisez le chanvre ! » et étonnamment pâle pour quelqu'un qui venait de passer une semaine à St. Bart.

Son regard fendit immédiatement la foule en effervescence de fumeurs, buveurs et danseurs en nage pour se poser sur Olivia et Nate qui bavardaient près du bar, se dévorant des yeux. Le cœur d'Aaron battit violemment contre les parois de sa poitrine. Olivia était totalement différente de l'Olivia de St. Bart. Elle rayonnait.

Il voulait aller vers elle pour s'excuser et tenter de lui expliquer son comportement débile à la villa mais changea d'avis. C'était une fête et ils étaient tous censés s'éclater. Il n'aurait qu'à remettre au lendemain, à condition qu'Olivia n'ait pas une trop méchante gueule de bois.

Depuis la piste de danse, Serena aperçut les petites dreadlocks folles d'Aaron et le rejoignit en dansant, ses mèches roses rebondissant et ses orteils vernis d'argent scintillant. Elle se jeta à son cou et colla sa joue toute rouge contre son oreille.

— Je suis supercontente que tu sois venu ! s'exclama-t-elle, l'air parfaitement sincère.

— Moi aussi.

Aaron se fendit d'un large sourire. Lui aussi était peut-être sincère, songea-t-il.

— Où est Miles ? Il n'est pas venu avec toi ?

Le jeune homme secoua la tête.

— Il est resté à St. Bart. Il a rencontré quelqu'un là-bas, en gros.

Serena partit d'un rire idiot.

— Oh ? Vraiment ?

Aaron mit ses mains dans son treillis et balaya la salle du regard, revenant vers Nate et Olivia.

Serena suivit son regard. Pourquoi Aaron fixait-il toujours sa demi-sœur avec cet air triste, hypertriste ?

— C'est trop cool de les revoir ensemble, pas vrai ? en rajouta-t-elle, à bout de souffle, espérant qu'il serait d'accord avec elle.

Il se força à acquiescer d'un signe de tête. Olivia ne lui appartenait pas et elle avait bel et bien l'air heureuse.

— Ouais, dit-il. C'est cool.

Serena glissa son bras sous le sien et l'entraîna vers la piste de danse.

— Viens ! cria-t-elle. Dansons !

Elle sentait le santal et le patchouli et, pieds nus, elle faisait exactement la même taille qu'Aaron. « *Waouh !* songea-t-il quand elle leva ses bras dorés et souples au-dessus de sa tête et tournoya sur elle-même, ses mèches roses virevoltant dans tous les sens, *elle est vraiment canon* ! »

Comme si le monde entier ne s'en était pas déjà rendu compte.

Il était certes un peu blême en arrivant mais y en avait un qui allait passer un très très joyeux réveillon.

y a bien qu'à new york

Vanessa n'était pas fana de l'idée d'embrasser une flopée de gens bourrés qu'elle n'aimait pas plus que ça et de hurler : « Bonne année ! » Pour elle, c'était le cauchemar par excellence. De fait, au lieu de se rendre à la soirée de Serena, elle rassembla son matériel et sa caméra, se couvrit bien et prit le métro jusqu'à Central Park. Tous les « jet-setters » se trouveraient à la fête de Serena, donc pourquoi ne pas aller voir ce que fabriquaient les « non-jet-setters » ? Il ne faisait que moins sept degrés dehors et la température continuait de chuter. Vous ne pourriez trouver davantage de désaxés que ceux qui étaient sur le point de participer à la course annuelle de minuit dans le parc gelé. Cela constituait le dénouement idéal de son film sur New York.

Elle commença à filmer les gens dès qu'ils se présentèrent pour participer à la course à l'entrée du parc près du réservoir sur la 89e Rue Est. La neige s'était mise à tomber ; garder l'objectif propre et trouver le bon éclairage relevait donc du challenge mais le parc était incroyablement virginal et magnifique, recouvert de son mince manteau de neige fraîche, et les coureurs étaient tous des tarés de première. Ce serait encore mieux que la tête de poupée dans le camion d'éboueurs.

— Participez-vous à la course tous les ans ou est-ce la première fois ? demanda Vanessa à un homme émacié uniquement vêtu d'un short en jean et de baskets sans chaussettes.

Elle zooma sur son torse maigrichon et affaissé, cherchant de la chair de poule, mais aussi flippant que cela pût paraître, elle n'en trouva pas.

— La première fois ? s'exclama l'homme en attachant ses cheveux gris filasse en queue-de-cheval et en la gratifiant d'un grand sourire taché de nicotine. Tu trouves que j'ai l'air d'un puceau ?

Gros porc !

Vanessa était bien contente que la caméra dissimule son visage.

— Très bien, dit-elle en s'en allant. Bonne chance !

Elle fit demi-tour et rejoignit une femme qui devait avoir dans les soixante-dix ans, vêtue d'un manteau de vison, de chaussures de sport Chanel, de cache-oreilles de vison, promenant un caniche ordinaire blanc qui portait lui aussi un manteau de vison.

— Hé, comment s'appelle-t-il ? fredonna Vanessa en s'accroupissant pour caresser le chien.

— Nous adorons courir dans la neige, expliqua la femme en lui souriant gaiement, ses lèvres ridées abondamment recouvertes d'un rouge à lèvres rose orangé. Ses cheveux blancs étaient relevés en chignon banane et ses joues étaient plâtrées de rouge orangé crémeux.

— Mes enfants sont tous grands et mon mari est parti à Nice jouer au casino, alors Angel et moi-même venons ici nous distraire.

— Moi aussi, fit Vanessa, même si, de toute évidence, elle n'avait ni enfants ni mari et encore moins de chien. (Elle sourit à la femme d'un air de conspirateur.) C'est trop cool, non ?

La femme sortit quelque chose de son sac vert Kelly d'Hermès et Vanessa fit un zoom avant pour voir ce dont il s'agissait : de minuscules bottes rouges en caoutchouc.

— Comme ça il n'aura pas de neige dans les pattes, expliqua-t-elle en se penchant pour les attacher avec du Velcro aux pattes de son chien.

— Et elles sont tellement classe, aussi, fit Vanessa.

Maintenant elle comprenait ce que l'on voulait dire par : « Y a bien qu'à New York. » Y a bien qu'à New York que vous rencontrez une femme et son caniche en manteaux de vison assortis venus participer à une course de minuit avec un cinglé en short en jean. Et voilà qu'en plus, elle avait trouvé un titre pour son film : *Y a bien qu'à New York*. C'était génial, même si c'était elle qui le disait.

Chaussé de ses bottes, Angel trottina en rond, frimant.

— Brave toutou ! cria Vanessa en le suivant de près, caméra en main.

Son sujet l'enchantait tellement qu'elle ne remarqua même pas son héros, Ken Mogul, arriver d'un pas nonchalant et s'asseoir sur un banc alentour pour l'observer.

Voilà des heures que Dan cherchait Vanessa. Il s'était tout d'abord rendu chez elle, endroit le plus évident où il risquait de la trouver, mais après avoir sonné quatorze fois à l'interphone en bas et hurlé sous ses fenêtres, il avait fini par abandonner. Puis il avait traîné au Five & Dime, le bouge de Williamsburg où jouait le groupe de sa sœur, SugarDaddy. Ruby était occupée à répéter avec son groupe mais elle avait dit à Dan que Vanessa lui avait parlé d'aller filmer des tarés dans un parc à minuit.

Ça l'aidait vachement. Comme si tous les parcs de toute la ville n'étaient pas remplis de tarés.

Dan alla d'abord jeter un œil à Madison Park, où Vanessa avait filmé la scène de *Guerre et Paix*. Mais hormis quelques personnes qui promenaient leur chien et un homme qui dormait sur un banc, un sac de papier sur la tête, le parc était tranquille. Puis il essaya Washington Square Park, rempli de skaters branchés et d'étudiants de l'Université de New York qui allumaient des pétards en toute illégalité. Enfin, il repartit au centre-ville à Central Park, errant sans but et maudissant Vanessa pour être anti-téléphones portables. Il fit le tour du réservoir, observa les minuscules banquises flotter à la surface et se cogner les unes contre les autres et se demanda où étaient passés tous les canards. Enfin, il remarqua une foule rassemblée en contrebas, près de l'entrée de la 89e Rue. Et, se baladant à travers l'affluence, papotant avec les gens tout en les regardant à travers sa caméra vidéo, une fille pâle en pardessus, bonnet et écrase-merde noirs.

Dan descendit les larges marches de pierre qui menaient au réservoir et s'assit sur un banc, à côté d'un type d'une trentaine d'années, aux cheveux roux frisés et à la peau couverte de taches de rousseur, portant un anorak de ski gris foncé vraisemblablement hors de prix avec une capuche bordée de fourrure. Le gars était assis sur ses mains nues et semblait captivé par Vanessa.

— Vous voyez comme elle bosse derrière les gens avant d'aller leur parler ? fit le type à Dan en montrant Vanessa du doigt. Comme si elle apprenait à connaître une partie d'eux *qu'eux-mêmes* ne connaissent même pas.

Dan hocha la tête. Au fait qui était ce mec, bordel ?

— Et j'adore la façon qu'elle a de rester dans l'ombre parfois, d'être si discrète, de s'effacer et de laisser les gens faire leur truc. Elle est superbe.

Dan se retourna et darda un regard noir sur le type. Il avait envie de lui casser la gueule.

L'homme lui tendit la main.

— Salut, je suis Ken Mogul, cinéaste, dit-il. Vous travaillez dans le cinéma ?

Dan secoua brièvement la tête.

— Non, répondit-il. (Son souffle montait vers le ciel en bouffées blanches et froides.) Je suis poète.

Tous deux observèrent Vanessa s'accroupir pour faire renifler l'objectif de sa caméra à un caniche en manteau de vison. Dan se pencha en avant. Elle était si gracieuse derrière la caméra, si à l'aise dans ce qu'elle faisait, qu'il était difficile de concevoir qu'elle puisse un jour utiliser abusivement son matériel. Peut-être Jenny avait-elle eu raison de ne pas tout mettre sur le dos de Vanessa, décida-t-il. Peut-être n'avait-elle rien à voir avec cette histoire de site sur le Net. Son travail avait simplement dû atterrir entre de mauvaises mains.

— Vous avez déjà été publié ? lui demanda Ken Mogul.

— Pas encore. (Dan sourit intérieurement.) Mais j'ai un poème qui paraîtra dans le *New Yorker* du mois prochain, ajouta-t-il tout fier.

ce qu'elle veut n'est pas ce qu'elle a

Il était près de vingt-trois heures lorsque Jenny arriva à la soirée de Serena. Son chauffeur de taxi trop avenant s'était retrouvé coincé dans les embouteillages de Times Square – qui, comme tout le monde le sait, est l'endroit par excellence à éviter le soir du réveillon car il est bondé de touristes ivres et c'est un Cauchemar, avec un grand C. Jenny était donc descendue et avait fini le chemin à pied. Elle s'était sentie genre mature et cool à se balader toute seule dehors dans la nuit pour se rendre à une soirée où elle reverrait enfin son petit ami, l'amour de sa vie.

Lorsqu'elle sortit de l'ascenseur et pénétra dans le loft, elle déboutonna son manteau et le donna à la fille au vestiaire. Ses nichons prodigieux étaient semblables à deux gros ballons sous son pull en V noir et or en maille, s'envolant vers la salle.

Salut, tout le monde, me voilà !

Plusieurs invités reconnurent sur-le-champ la petite brune frisée du site Web qui les avait tant fait jaser – et fantasmer – pendant les vacances. Ils arrêtèrent de faire ce qu'ils faisaient et se mirent à l'applaudir.

— Hé, viens donc me montrer ton string ! cria

d'une voix avinée un inconnu arborant un haut-de-forme noir démodé.

— Tu veux venir dans mon manteau ? brailla un autre.

Jenny s'immobilisa sur le pas de la porte, agrippant son sac à main ; elle avait l'impression d'être Clara dans *Casse-Noisette* quand elle était entourée par la bande des méchantes souris. Elle balaya la salle du regard, cherchant désespérément Nate.

Où, oh, où était donc son prince Casse-Noisette ?

À l'autre bout de la pièce, debout près du bar, un garçon aux cheveux châtain doré ondulés et une fille aux longs cheveux bruns qui lui arrivaient à mi-dos bavardaient, si près l'un de l'autre qu'ils auraient aussi bien pu s'embrasser. Ils se regardaient exactement comme Jenny avait toujours souhaité qu'on la regarde, comme s'ils avaient oublié qu'ils se trouvaient dans une soirée bondée, entourée d'un tas de monde, trop distraits par leur amour.

Les garçons applaudissaient toujours et huaient Jenny lorsque le mec aux cheveux or et la brune tournèrent la tête pour voir ce qui se passait.

Salut tout le monde, c'est encore moi !

Et à cet instant, Jenny comprit.

Nate n'avait jamais été amoureux d'elle car il n'avait jamais cessé d'aimer Olivia. Et comme il lui avait menti et avait fait semblant de l'aimer, il ne faisait même pas un bon petit copain, comme le lui avaient dit Dan et Vanessa. Nate n'était pas un prince Casse-Noisette. Il n'était qu'une saleté de *souris*.

— Nate, haleta Jenny, la voix coincée dans la gorge.

Elle avança vers le bar d'un pas tremblant jusqu'à

l'endroit où se tenaient Olivia et lui, arracha d'un coup sec le pendentif turquoise à son cou et le lui jeta à la figure aussi violemment que possible.

— Jennifer, je suis désolé, commença à bredouiller Nate.

Mais à son expression, il n'avait pas du tout l'air désolé et Jenny s'en fichait bien. Olivia lui lançait un regard furieux mais de ça aussi elle se fichait.

— Va te faire foutre, murmura-t-elle tandis que des larmes chaudes se mettaient à ruisseler le long de ses joues.

Puis elle tourna les talons, direction les toilettes pour s'éclabousser le visage d'eau froide et quitter cette soirée avec un semblant de dignité.

Nate fourra le pendentif turquoise dans sa poche. Il avait l'air mal et fatigué. Olivia porta une autre cigarette à ses lèvres et frotta une allumette pour l'allumer. Elle n'arrêta pas de la gratter, en vain, et finit par la jeter par terre dans un soupir exaspéré.

Nate ouvrit son Zippo et le lui tendit mais elle l'ignora.

— Qu'est-ce qui ne va pas ? demanda-t-il, bien qu'il fût pratiquement sûr de le savoir.

Olivia le regarda en plissant les yeux, sa cigarette éteinte à la bouche. Il n'était pas son premier rôle masculin. Il n'était qu'un *hàs been*. Et il y avait tant de jeunes stars prometteuses dans cette salle – pourquoi aurait-elle besoin de lui ?

— Tu es une des raisons pour lesquelles j'ai hâte d'entrer à la fac.

— Je veux juste allumer ta cigarette, répondit Nate, sans conviction.

— O.K. (Il alluma sa cigarette, elle avala la fumée puis souffla un nuage dans son visage.) Mais maintenant tu peux aller te faire foutre.

Nate se rembrunit et referma son Zippo, éteignant la flamme. Olivia dramatisait toujours tout. Autour d'eux, tout le monde se mit à entonner : « Dix ! Neuf ! Huit ! »

— Olivia ?

Nate avança d'un pas. Ils n'avaient qu'à se réconcilier d'un baiser et tout redeviendrait normal, comme avant. Comme au bon vieux temps.

Mais Olivia était déjà partie, avait jeté sa cigarette allumée aux pieds de Nate, sa queue-de-cheval haute froufroutant sur ses omoplates quand elle se dirigea vers les portes de verre coulissantes donnant dans la véranda. Minuit approchait et elle avait mieux à faire qu'embrasser un loser.

s se fait sérénadiser

Serena dansait tellement qu'elle avait l'impression de courir un marathon. Sa bouche était sèche, elle avait mal aux jambes, et ses bras pendillaient mollement sur ses côtes. Quelqu'un avait renversé son verre dans ses cheveux mais elle s'en moquait. Un petit cul très mignon se trémoussait tout près du sien et le petit cul en question était vêtu d'un treillis vert appartenant à un trop beau gosse aux dreadlocks courtes et brunes.

« Sept ! Six ! Cinq ! »

Aaron attrapa la main de Serena.

— Viens, on sort ! cria-t-il d'une voix perçante en lui faisant traverser la pièce, direction les portes en verre coulissantes.

« Serena ! » hurla une voix, les faisant s'arrêter net.

La jeune fille se retourna, ses yeux bleus écarquillés d'incrédulité. C'était Flow, qui sortait de l'ascenseur, dans un manteau de daim brun clair, son étui à guitare à la main. Il avait des cernes sous les yeux et ses cheveux bruns frisés étaient un peu aplatis d'un côté après son long trajet en avion depuis LA, mais il n'en était pas moins sublime. Les filles de la soirée s'arrêtèrent toutes pour le regarder, la majorité des garçons aussi.

— Salut ! fit Serena en le gratifiant d'un sourire gêné.

Flow la respira comme une bouffée d'air frais. Avec son haut de bikini lacé, son short ultracourt et ses pieds nus, elle avait tout de la déesse de ses rêves les plus fous. Il s'agenouilla et ouvrit son étui à guitare dans un bruit sec.

— Je t'ai écrit une chanson sur la route.

Serena lâcha la main d'Aaron et croisa les bras sur sa poitrine. Elle ne voulait pas être malpolie mais quand, au juste, Flow allait-il *laisser tomber et rentrer chez lui* ?

Aaron était quelque peu empoté à côté d'elle, les mains dans les poches. Ça ne le dérangeait pas d'écouter ce que Flow voulait jouer. Ça ne dérangeait personne dans la salle d'ailleurs.

— Elle s'appelle « My Kandy Girl », murmura doucement Flow.

Il balança la sangle de sa guitare sur son épaule, gratta quelques accords puis ferma bien les yeux quand il se mit à chanter.

Tu as volé mon cœur, maintenant j'en paie les frais,
Tu m'as mis à sec, m'as laissé en plan,
Mon amour est du chocolat, il fond dans ta main,
Si seulement tu y goûtais,
Alors tu comprendrais.

Mièvre… mais bon, souvenez-vous, qu'est-ce qu'il est *beau gosse* !

C'était probablement la plus mauvaise chanson

jamais écrite mais tous les invités s'agglutinèrent autour de Flow, hypnotisés par sa musique et sa belle gueule. Les filles espéraient toutes qu'il les remarquerait et improviserait une chanson pour elles, comme ça sur le coup, et les garçons se disaient tous que s'ils traînaient avec Flow, ils auraient sûrement de la chance ce soir.

Serena fut tentée de jeter un billet d'un dollar dans son étui à guitare mais elle lui brisait déjà trop le cœur – pas la peine de l'insulter par-dessus le marché.

— Viens, murmura-t-elle à Aaron en le tirant par la main pour se mêler à la foule. On va dehors.

Olivia ne fut pas surprise lorsque Chuck Bass la trouva dehors dans la véranda, mangeant compulsivement des olives, fumant des cigarettes, lampant du Veuve Clicquot et se gelant les fesses. Il était près de minuit et, connaissant Chuck, il cherchait sûrement quelqu'un pour lui tailler une pipe pendant que seraient tirés les feux d'artifice.

— Bonne année, Olivia, dit Chuck en se dirigeant droit sur elle et l'embrassant sur les lèvres.

Elle avait un noyau dans la bouche mais cela ne sembla pas le déranger outre mesure.

Olivia se recula et cracha le noyau par terre.

— Y a intérêt !

Chuck la prit dans ses bras et fit lentement descendre sa main dans son dos puis sur ses fesses.

— Tu sais quelle est la meilleure façon de carillonner le Nouvel An ?

Elle s'écarta de lui et lui montra Kati et Isabel à travers les portes en verre, debout près d'une petite table, main dans la main, en train d'entonner le compte à rebours.

— Ces deux-là ont toujours été folles de toi, déclara Olivia en s'efforçant de garder son sérieux. Si tu veux « carillonner le Nouvel An » avec quelqu'un, pourquoi tu ne leur demandes pas ?

Chuck lui fit un grand sourire.

— Vraiment ?

Elle hocha la tête.

— Vas-y ! Je suis…

Mais avant qu'elle ne pût terminer sa phrase, Chuck disparut à l'intérieur et étreignit les deux filles dans une embrassade collective.

« Quatre ! Trois ! Deux ! »

v et d s'affichent

À minuit moins le quart, les coureurs avaient commencé leur course lente à travers le parc. Vanessa, munie de sa caméra vidéo, trottinait avec eux et essayait d'immortaliser le mélange de détermination, de douleur et d'allégresse sur leurs visages. Ils étaient dehors, en train de courir par un froid glacial ! C'était la fin d'une année et le début d'une nouvelle – voire le début d'une nouvelle ère !

Ils couraient si lentement que Vanessa aurait pu les rattraper sans problème mais elle avait laissé son sac de matériel dans la neige et ses écrase-merde lui donnaient des cloques ; elle décida donc de retourner au point de départ, estimant qu'elle les rattraperait à l'arrivée.

Dan et Ken Mogul l'attendaient toujours sur le banc.

— J'ai été nominé pour quelques trucs, disait Ken. Mais je n'ai jamais rien gagné. Peut-être que si je travaille avec Vanessa, ça changera tout.

Il parlait tout seul depuis même que Dan s'était assis à côté de lui.

Mais celui-ci s'en fichait. Son carnet était ouvert sur ses genoux et il contemplait d'un air fixe le halo de lumière projeté sur la neige par un lampadaire, cherchant les mots exacts pour décrire la façon dont les flocons étaient emportés par la lumière, si lentement qu'ils semblaient davantage flotter que tomber.

D'un seul coup, Vanessa surgit dans le halo de lumière, les joues rouges d'avoir couru et ses grands yeux noisette tout brillants. Elle sourit en apercevant l'image ridicule de Dan et d'un type plus âgé en parka de ski tape-à-l'œil assis ensemble sur un banc dans un parc, un centimètre et demi de neige fraîche saupoudrant leurs épaules. Les yeux noisette attendrissants de Dan se posèrent sur elle sous son bonnet de maille blanc. Il n'avait pas l'air en colère. Dieu qu'elle était contente de le voir !

— Depuis combien de temps êtes-vous assis ici ?

Le type en parka se leva.

— Suffisamment longtemps pour voir que vous êtes assurément ce que le cinéma attendait.

Vanessa rit. Ce type était-il réel ?

Il avança vers elle et lui tendit sa carte. « *Ken Mogul, cinéaste* », disait-elle.

— Je pars au Brésil tourner un documentaire sur les gamins prostitués de Rio, expliqua-t-il. Mais j'espère que vous m'appellerez et que nous pourrons faire quelque chose ensemble. Je pourrais vraiment vous utiliser.

Vanessa se dirigea vers son sac vidéo et y fourra sa caméra. Elle avait toujours admiré le travail de Ken Mogul mais n'avait pas vraiment envie d'être « utilisée » par un réalisateur, aussi célèbre fût-il. Elle voulait y arriver toute seule.

— Vous m'appellerez ? insista Ken.

« Excusez-moi », dit calmement Dan derrière eux.

Ken se retourna.

— Ce type attend pour vous parler depuis presque aussi longtemps que moi. Qui êtes-vous, au fait, jeune homme ?

Dan se leva, faisant tomber son carnet dans la neige. Il s'approcha de Vanessa et la prit dans ses bras.

— Son petit ami, répondit-il à Ken Mogul pardessus son épaule.

Puis il l'embrassa aussi fougueusement qu'il le put, craignant que s'il y allait trop mollement, elle ne le prenne pas au sérieux. Il était son petit ami, bon sang ! et il était fou d'elle et fier d'elle et fier de lui de l'embrasser et de mettre un terme à cette folie une bonne fois pour toutes.

Vanessa lui rendit son baiser avec la même fougue. Aux chiottes, Ken Mogul, cinéaste ! Le film qu'elle réalisait était beaucoup plus cool que n'importe quel film qu'il avait jamais fait. En plus, elle n'avait pas envie de parler carrière en ce moment, d'ailleurs. Elle était bien trop occupée à embrasser Dan, son petit ami.

Alors qu'ils se bécotaient, les feux d'artifice se mirent à illuminer le ciel au-dessus de leurs têtes. C'était le genre de cliché qui pourrait gâcher un film ou un poème mais c'était dix fois mieux qu'un film et dix fois mieux qu'un poème. C'était la vraie vie.

J jette une rock-star célèbre

Sur la dernière note de sa chanson, Flow ouvrit les yeux pour constater que Serena avait disparu. Il était minuit et tout le monde se mit à s'étreindre et s'embrasser, prenant leurs invitations pour des cornes dans lesquels ils soufflaient, l'ignorant totalement – ce qui était une grande première pour lui.

Quelques personnes avaient jeté des billets de cent dollars dans son étui à guitare, rien que pour embêter le monde. Il les ôta d'un coup et les lança par terre, rangea sa guitare dans son étui qu'il referma d'un coup sec. Puis il tourna sur lui-même et monta dans l'ascenseur juste au moment où il se refermait, coinçant son étui entre les portes jusqu'à ce qu'elles se rouvrent.

Une jeune fille frisée à la poitrine extraordinaire était adossée à la paroi du fond de l'ascenseur.

— Salut, dit Flow, la gratifiant de son célèbre sourire de petit garçon timide en pénétrant à l'intérieur.

La fille ne dit rien. Elle avait l'air d'avoir pleuré.

— Tu vas au centre-ville ? demanda Flow. J'ai une voiture qui attend dehors. Je pourrais peut-être t'offrir un verre ou autre chose.

Jenny garda les yeux rivés au sol. Flow, Nate, tous

les mêmes. Ce n'était pas parce qu'il était célèbre et sexy qu'elle était obligée de lui parler, pas vrai ?

Non, sûrement pas.

Les portes de l'ascenseur s'ouvrirent.

— Dégage ! répondit Jenny.

Elle passa les portes à tambour en verre du bâtiment et sortit sur le trottoir héler un taxi. C'était le Nouvel An et toute la ville était en fête mais, pour une fois, Jenny rentrerait chez elle et suivrait les conseils de son père : elle irait au lit avec un bon bouquin !

Dès qu'Aaron et Serena sortirent, les feux d'artifice explosèrent dans le ciel tout autour d'eux. Il faisait un froid glacial et il n'y avait pas un chat dehors dans la véranda. Tout le monde était à l'intérieur en train de verser du champagne sur les têtes des uns des autres et se déchaînait sur la piste à mesure que le D.J. montait de plus en plus le son.

Tandis qu'elle contemplait au-dehors le paysage psychédélique, Serena eut de nouveau le sentiment – celui qu'elle adorait – qu'elle ne savait pas trop ce qui se passerait par la suite mais que ce serait quelque chose de bien. Pour ne pas dire le meilleur.

— Regarde.

Elle lui montra du doigt les étincelles d'un immense feu d'artifice bleu qui se mirent à filer à toute allure dans le ciel puis explosèrent en minifusées au-dessus de l'East River.

Aaron alluma une cigarette aux plantes. Il n'était qu'en T-shirt mais n'avait pas froid.

— Je n'aimais pas les feux d'artifice avant, dit-il en soufflant de la fumée dans l'air. Je les trouvais bruyants, mauvais pour l'environnement et un gâchis d'argent.

— Mais maintenant tu les aimes bien, non ? lui demanda Serena en se tournant vers lui.

Elle avait emprunté une canadienne sur une chaise mais était toujours pieds nus et elle et Aaron faisaient exactement la même taille.

Aaron hocha la tête.

— Je les adore.

— Moi aussi, souffla Serena.

Tout son corps tremblait et elle ignorait si c'était à cause du froid ou parce qu'ils étaient sur le point de s'embrasser.

Aaron lui prit la main.

— Tu as assez chaud ?

— Oui.

Ses lèvres rouge foncé se retroussèrent aux coins.

— On ne s'embrasse pas tant que les feux d'artifice ne sont pas terminés, d'accord ? dit Aaron.

— D'accord, répondit Serena, surprise.

Et être surprise était ce qu'elle préférait au monde. Au-dessus de Times Square, un nouveau crescendo de feux d'artifice venait de commencer.

— Mais j'ai bien peur de ne pas pouvoir attendre.

Maintenant que le colibri avait trouvé une fleur sur laquelle il voulait bien traîner un moment, tout ce qu'il souhaitait faire c'était s'y poser.

— Pourquoi vous ne vous embrassez pas maintenant ? Vous pourrez toujours recommencer plus tard, dit une fille derrière eux.

C'était Olivia, à quelques mètres d'eux, emmitouflée dans son manteau Marc Jacobs bleu ciel mais frissonnant de froid.

— Bonne année.

Elle s'approcha d'eux et embrassa Aaron sur la joue.

Il l'étreignit. Une étreinte normale, de frère.

— Bonne année, frangine !

Olivia alla serrer Serena dans ses bras.

— Bonne année ! hurlèrent les deux filles en enfouissant leurs visages dans leur chevelure.

C'était de la folie de se dire qu'une bonne partie de l'année, elles avaient voulu se tuer. Maintenant, elles ne savaient pas ce qu'elles feraient l'une sans l'autre.

— O.K., dit Olivia en se détachant de son étreinte. Maintenant vous pouvez vous embrasser, vous deux.

Leur laissant le soin de décider s'ils devaient se lancer et s'embrasser tout de suite ou pas, elle se dirigea au bout de la véranda et contempla au loin l'Hudson River et le port de New York. Elle regarda les feux d'artifice exploser au-dessus de la Statue de la Liberté puis plonger dans l'eau noire et profonde.

L'avant-dernière scène de son scénario s'achevait sur un baiser. Maintenant, il ne lui restait plus qu'à écrire la scène finale, le dénouement.

Ça n'allait pas vraiment se terminer, décida-t-elle alors. Pas sur une espèce d'irrévocabilité. Les meilleures histoires ne se terminaient jamais. Peut-être passerait-elle au lendemain matin. Audrey aurait une petite conversation sympa avec le mec de l'épicerie fine chez qui elle achetait son café. Puis elle rirait toute seule, boirait une gorgée de café et sortirait dans la rue, laissant à tout le monde le soin de deviner la suite.

Avertissement : tous les noms de lieux, personnes et événements ont été modifiés ou abrégés afin de protéger les innocents. En l'occurrence, moi.

salut à tous !

D'accord, mon vœu de passer un réveillon exceptionnel s'est bel et bien réalisé. Je pense que tous ceux qui ont été à cette soirée follement géniale ont vu ce même vœu se réaliser. C'est vrai, combien d'entre vous croyaient réellement que **Flow** débarquerait ? Tant pis pour lui, la soirée était encore plus cool *après* son départ.

VOS E-MAILS

Q: Chère GG,
j'ai entendu dire que toute la soirée a été intégralement financée par l'argent de la drogue de **S**. J'y suis pas allée mais sinon, comment aurait-elle pu se payer ce D.J. ?
underworld

R: Chère underworld,
S a assez de fric pour ne pas avoir besoin d'argent sale pour organiser une soirée d'enfer. En plus, si tu n'y étais pas, pourquoi oses-tu en parler ?
GG

Q: Chère GG,

je crois que j'ai dansé avec toi le soir du réveillon. Tu as de longs cheveux blonds et tu es bien foutue ?

CliffS

R: Cher CliffS,

peut-être. Tu n'en sauras pas plus.

GG

ON A VU

À l'aube, le Jour de l'An : **C** endormi, les bras autour de **K** et **I** sur un sofa dans le hall du **Tribeca Star Hotel**. Sûr qu'ils ont même pas dû réussir à arriver dans la suite de sa famille. **N** fumer du shit avec ses potes à **Union Square Park.** Rien de mieux que de terminer la soirée comme vous l'aviez commencée. **V** et **D** main dans la main dans le **Strand**. Y a que ces deux-là pour être excités par une librairie. **S** et **A** prendre le petit déjeuner chez **Florent**, l'air fatigués mais super épanouis. **O** acheter une énorme tasse de café à l'épicerie fine de **Madison Avenue** avant de se précipiter chez elle. Et **J** brûler des tableaux dans une poubelle en métal sur **West End Avenue** tout en essayant d'apprendre à fumer toute seule. Maintenant qu'elle est blasée, elle doit jouer le jeu.

QUELQUES QUESTIONS QUI SUBSISTENT

O va-t-elle un jour la perdre ? Et si oui, *avec qui* ?

N va-t-il se racheter, quoique nous l'aimerions quand même, même s'il ne le faisait pas ?

S va-t-elle enfin se poser et sortir avec **A** plus longtemps qu'une journée ?
D sera-t-il prêt à le faire avec **V** maintenant qu'il est un auteur publié ?
J trouvera-t-elle le grand amour ?
Nous tous, nous remettrons-nous de nos gueules de bois à temps pour terminer de remplir nos dossiers d'inscription à la fac ?
Et surtout, y en a-t-il qui seront, au moins, acceptés ?
Non pas que je me fasse trop de souci. Le prochain semestre, j'enchaînerai fête sur fête ; j'ai bien l'intention de m'éclater.

À la prochaine.

Vous m'adorez, ne dites pas le contraire.

gossip girl

Cet ouvrage a été imprimé en France par

CPI
Bussière

à Saint-Amand-Montrond (Cher)
en décembre 2008

FLEUVE NOIR
12, avenue d'Italie
75627 Paris Cedex 13

— N° d'imp. : 81882. —
Dépôt légal : février 2006.
Suite du premier tirage : décembre 2008.